吟啸山林

朱彩辉 ◎ 著

林业生态散文

中国出版集团
现代出版社

图书在版编目（CIP）数据

呼啸山林/朱彩辉著. --北京：现代出版社，2016.7
ISBN 978-7-5143-5083-8

Ⅰ．①呼… Ⅱ．①朱… Ⅲ．①散文集－中国－当代
Ⅳ．①I267

中国版本图书馆CIP数据核字（2016）第130034号

呼啸山林

作　　者	朱彩辉	
责任编辑	李　鹏　陈世忠	
出版发行	现代出版社	
地　　址	北京市安定门外安华里504号	
邮政编码	100011	
电　　话	010-64267325　010-64245264（兼传真）	
网　　址	www.1980xd.com	
电子邮箱	xiandai@vip.sina.com	
印　　刷	北京一鑫印务有限责任公司	
开　　本	880×1230　1/32	
印　　张	8	
版　　次	2016年7月第1版　2022年7月第2次印刷	
书　　号	ISBN 978-7-5143-5083-8	
定　　价	39.80元	

目 录
CONTENTS

第一辑

第二辑

第三辑

第四辑

第一辑 ———————— DIYI JI

飞机如一只大鹏鸟，轰鸣着从我的头顶飞过，我张开双臂，等待一枚种子飞进我怀里，撒进我脚下的土地……

回到家乡

1988年，我终于考上大学。

说是终于，是因为我已复读三届。三届，等于重读了一次高中。不过，在那个靠高考跳出农门的年代，这不算什么。曾经有报纸报道，有一位姓朱的同学复读了八届才考上大学，他因此获得"朱八届"的光荣称号。

我大姐高中毕业后回到农村，她不仅遗传了我娘端庄大方的相貌，也传承了我娘泼辣能干的性格，她很快从村里脱颖而出，得到县里的重用，被安排到县米粉厂做会计，并找了一个有好工作的丈夫。我大姐在县城结婚安家后，修了一栋四封三间的青砖平房。其时，我在县城一中和四中来来回回复读，长年寄居在大姐家里，衣食住行以及学业前途全凭大姐做主打理，当然，我的学费也常常倚仗我大姐。以我的高考分数，完全可以选择金融、税务、财会等热门专业，但我大姐毅然要我填报了衡阳林业专科学校。

我大姐为什么有这样的选择，得先说一说我的家乡沅陵县。

如果说中国地图形如一只大雄鸡，那么，沅陵的位置正处于鸡腹正中，镇守着湘西的西大门。沅江横穿而过。以江为界，北边有武陵山脉，南边有雪峰山脉。雪峰山脉如一条巨蟒一般，从越城岭佛顶山以北为起点，向北经城步、洞口、黔阳、溆浦，到达沅陵后，其雄伟、苍茫之势未减半分，相反，因为吸纳了来自洞庭湖平原的风雨，土层肥力愈发丰厚，植被也愈葳蕤繁茂。而武陵山脉经历了张家界地域内的峻岩峭壁、千峰万仞后，进入沅陵地界，便变得中规中矩，山峦不再奇模怪样，变得雄浑、厚实。虽然，这种山貌就如一位五官平凡的妇人，兴不起旅游业，但是，造物主在关闭一扇门的同时，也打开了另一扇窗。广阔雄浑的山峦，肥厚的土壤，温暖湿润的气候，孕育了丰富的林业资源。民国19年《沅陵县志》曰："吾邑大利在林……邑中岭阜纷错，林壑阻深，诚天然林国也"。旧时沅江木材在省外的市场称为"西湖木"，按县地旧称辰州（今沅陵县）而得名的"辰杉"，为"西湖木"之冠。《湖南方物志》称辰杉的特点是："其木以生岩石间，心有红晕，而锯屑甚香者谓之为油杉，最能经久不坏。"明永乐四年，修建紫禁城，明成祖下旨辰州主征楠木。由辰州府运送的一根大木，围径数丈，皇帝老爷骑马立大木一侧，侍从们从另一侧只能看到皇帝的冕旒。清朝时沙皇俄国犯新疆，派左宗棠征西，朝廷军费供给不足，左宗棠向皇帝提出了三项解决军费的办法：一是将木关税作为军中饷银；二是允许军队自带茶叶以补充军饷（即军队可带黑茶和红茶出售给北方游牧民族）；三是向江浙富商捐饷。左宗棠提出的木关税和茶叶有相当一部分便出自辰州，即今天的沅陵县。我在农村生活二十年，县志上记载的许多动植物，比如木通、黄精、吴萸……从未曾见过。当然，山林草木几百几千种，我即便见过也未必认得。农村有句老话：寸木尚能做车栓。自古以来，山林的野果、野花、枝藤叶蔓都是山民们生活生存的依靠，自古就有收购这些山货的商贩店铺。其实，在未有化工产品的年代，果食、皮毛、药材、木材哪一样不是来自土地，来自山林呢？

二十世纪八十年代，沅陵交通闭塞，田少山多。老百姓靠山吃山，靠水吃水，靠着岩头等救济，县里既无一家像样的工业企业，更无一个拿得出手的支柱产业，县财政收入多半来自林业木材税收。我大姐到县城上班后，更加感受到林业在县里的位置。林业系统大大小小几十个部门，一千多职工，许多单位都跟林业有关系：贮木场、木材公司、林科所、苗圃、木材综合加工厂、运输队、排筏队、劳动服务公司等等。为着木材销售的需要，县里甚至常年在常德、汉口等地设有林产品经销站。彼时，乡乡有林场。仙门林场、九龙山林场、二酉山林场、三角坪林场、三眼泡林场、棋坪林场……这些林场宛如一个个金元宝，支撑着沅陵的经济。我在县城复读那几年，临河老县城的木屋吊脚楼还没有拆迁，沅水大桥尚未修建。我每天从中南门码头轮渡到南岸四中去上课，时常看到验匠湾的木排如一条不见首尾的巨龙一样卧在江面上，那种气势和排场格外有威慑力。莫说是见识多广的大姐，即便是我也觉得林业部门是个好单位，将来要是从事林业工作，那我端的不是铁饭碗，而是金饭碗，到时不只是我一辈子衣食无忧，连我的父母哥嫂姐弟也定然跟着有享不尽的福。

　　当然，我大姐替我选择衡阳林专的另一个原因是我的家庭条件不允许我去税务、金融、财政这些收费高的大学。小时候家里穷得饭都吃不饱，责任到户后，虽然家中除去我都是一等一的青壮年好劳力，母亲每天带着哥哥姐姐弟弟像牛一样没日没夜种田种地，但田里地里的出产除去上交农业税，也仅仅是有饭吃，绝没有多少余钱剩粮。虽然说是林业大县，但我的家乡千丘田村偏偏就是个例外，属沅麻盆地，典型的石灰岩地质，土层瘠薄，只长茅草不长树。加之那几年家中变故接二连三：我爹两次胃穿孔大出血，二姐婚后不久精神出现问题送到郴州治疗，弟弟五佬一次又一次在外犯事……家里欠的账就如寒冬的冰雪，一层又一层往上叠，连一点消解的机会也没有。我一年又一年地复读，多多少少也给父母平添了许多负担。不过，年少的我脑子像少根筋，家中的窘境并未让穷人的孩子早当家。相反，我内心里一直有一种优越感，觉得家里穷是穷，但比起我的同学却不知好到哪里去了。我的父亲是做先生（即道士）的，尽管喝酒又赌博，但每月总会多多少少给我娘交些钱；还有我的大姐，在米粉厂做会计，有稳定的收入。而我同学的父母都是地地道道的农民，家里一个比一个穷。我曾到同学庆山家去玩，第一次看到他家的窘境，我真的骇倒了，他家穷得连一副多余的碗筷都没有，他的母亲身上的衣服补丁加补丁，都看不到原布料是什么，家里的油盐钱全靠鸡屙蛋，一年有半年靠吃红薯、苞谷等杂粮（粮食卖了用来交他和他妹的学费）。我大姐早就给我打听到我即将就读的衡阳林专的学费一年只要三十块钱，学校每月还有二十七元的生活补助，那时我大姐的工资都不过五十来元钱，我去林专读书，无异于我既拿了半个人的工资，又读了大学。

踏进大学的校门，于我来说是鸟儿放飞天空。在高考的独木桥上十年跋涉，犹如孙悟空西天取经，胜利抵达后，已然修得正果，至于将来何去何从，会有什么样的事业职业，我没想那么多，再说，我是个心思简单的人，也想不到那么远。我觉得自己一个农村出来的孩子，跳出农门即是铁饭碗到手了。我跟绝大多数大学生一样抱定混文凭、六十分万岁的目标，逃课、睡觉、打牌，把一个学期的功课压缩到一个月。我不是天才，挂科是理所当然的。把一个月的生活费用半个月花光，余下的日子就餐餐吃馒头，吃得吐清水，实在熬不过去了，就偷室友的餐票。青春的荷尔蒙也曾激流暗涌，在一次老乡聚会上，认识了一个在衡阳医专读书的女老乡，壮起胆子给她写过几封暧昧的信，但全都石沉大海，杳无回音，终于晓得癞蛤蟆是吃不到天鹅肉的，彻底死了心，剃了个大光头（我因此而获得"大光头"的绰号）。大学三年，我做了许多匪夷所思的事，通宵打牌、四处晃荡自不必说，冬天去水库洗澡，夏天给学校附近的农民打谷割稻混饭吃。有一次，我发现学校后山有一个果园，正值梨子成熟，便和室友趁着夜色潜入果园，不想猎狗发现后狂吠，村民们开了大汽灯捉贼，我和室友分路逃窜，仓皇中，室友跑掉了一只皮鞋，第二天被村民们用竹竿挑起，高挂于果园门口，而我则舍命不舍财地扛着一袋梨子逃进深山，在山上转悠了一夜，大家都在为我的生死担忧的时候，我大清早背着一布袋梨子回到学校。当然，我有时也会认认真真去上课，那些高等数学、树木学可不是随便可以蒙混过关的。到了大二期末，市林业局来学校招人，我的几个学长兼老乡因为成绩好、篮球打得好都被招到市林业局去了。我这才如梦初醒，晓得原来大学成绩好、有特长还是有好处的。第二年，市局照样到衡阳林专来要人，但我的成绩和身高都差一大截，回家乡听从分配是我唯一的选择。没想到的是，在县里，我却是矮子里面的高子——成为林业局第一个正儿八经的林业大学生。

一斗板栗一斗粮

有人说，经济的可行性限制着我们可以为土地做的事与不可做的事，过去如此，将来亦然。这句话用经济学来解释，就是市场需求决定资源配置。此消彼长的市场需求，让湘西的各类经济林就如舞台上的净末旦丑，你方唱罢我登场，前几年还是成片的柑橘林，过几年已是成片的油茶林，再过几年，又变成成片的工业原料林或是其他什么林了。

不过，在湘西，森林资源历来是"松树靠飞子，杉树靠蔸子，竹子靠笋子"，大面积山林经营方式是近百年来的事。

据记载：1921年，沅陵大旱，饥民云集县城，"拓园老人"修承浩（沅陵舒溪口乡野柘村人，光绪二十八年，长沙乡试中举。辛亥革命后，历任云南省都督府秘书长，四川省永宁道尹，省政务厅长等职，后辞官归隐，在家乡以种花植树为趣。民国十九年受聘编修《沅陵县志》，首次将县内林业载入方志。在书中，他秉笔直书林政弊端，称当时各溪柴木保卫所是"美其名曰保卫，实为摄利之地"）受"华洋筹赈会"聘请，主持实施"以工代赈"工程，在鸳鸯山、白田、舒溪口等乡设立"垦工场"，植桐树2.23万株，四年后收桐籽50石。1935年，为了征收桐油等军需，时任湖南省主席何键、国民党党部委员刘岳厚、蒋固亲自赴沅陵，发动沅陵人广种油桐；1938年，省农业改进所在沅陵设立苗圃，进行植桐示范，国民政府以军需为名统制收购桐油。抗战时期，美军援助中国的条件之一便是向他们提供桐油。然而，随着化工油漆的兴起，桐油市场急转直下。1949年，《中报》发表社论《湘西桐油业之盛衰谈》，作者以远大的眼光预言了桐油的暗淡前景。没几年，湘西桐油果然成为明日黄花。

我县排在前几位的经济林产品分别是桐油、茶油、茶叶、板栗，五倍子、棕片。其中板栗是传统的木本粮食，山民们称之为"铁杆庄稼"，但一直没有大面积的人工种植。

1991年7月，我大学毕业分配到县林业局。8月，县里成立了板栗基地指挥部，办公室设在老林业局鸳鸯桥下，人员来自各个单位。林业局分管板栗开发的田副局长把我要了过去。彼时，县里计划未来五年开发十万亩板栗基地。这对于初出茅庐的我来说，真如一副美丽的七彩织锦。我在衡阳林专就读时，就曾听树木学的李教授说，20世纪80年代初，我们县里的专家们通过对一株有二百年树龄的老树进行无性大砧高接，培育出了名为"沅优一号"的杂交板栗新品种。不想几年后，竟有这样一种机缘巧合，让我一参加工作就有幸跟这些专家们共事。上班之初，我跟同事们一起搞板栗基地总体规划设计、举办板栗栽植培训班，我们四处搜集资料，编撰印制了几千册板栗丰产栽培技术实用小手册。我的工作充实而忙碌。不过，同时，我也感觉到自己专业知识的欠缺。浸种、育苗、嫁接、山林规划设计，我全是一知半解。我这时候才晓得大学三年的不学无术得到报应了。在同事和乡镇林业技术员面前，我不敢多半句嘴，像个哑巴似的。不过，我的寡言和腼腆起了大作用，把我的无知和缺陷全包藏起来。人们只当我是谦虚，当然，我也确实谦虚，默默地向袁高工、谢高工这些专家们、苗圃的技术员学习。我白天上班，晚上重新打开大学教科书，发现生硬的理论一旦与实践结合，不仅变得易懂好学，而且印象深刻，让我大受裨益。我就像一只贪婪的不知饱腻的小老鼠，日夜不停地学习关于板栗育苗、栽培、嫁接、贮藏等技术。不久，我既有了理论知识，又有了实践经验，很快就成了板栗基地指挥部名副其实的技术员。其时，除去苗圃育苗外，有经济头脑和经济实力的村民也开始小面积育苗。由于彼时的板栗苗都是实生苗，为了加快苗木的挂果期，提高产量，必须先对实生苗进行嫁接，成活后再移植。村民都喜欢请我去当师傅，帮忙嫁接苗子。指挥部给我发了一把多功能嫁接刀，我怕下乡时，嫁接刀用钝后来不及磨，自己又掏钱买了一把更好的嫁接刀、一把嫁接剪，我还买了一个米灰色的帆布包。我背着帆布包四处下乡，除非是有不得不在指挥部办公室完成的工作，否则，我都待在乡下，待在苗圃，待在板栗基地，十天半月不回家，单位领导常常为找不到我而头痛。可是，到第二年春天，正当我意兴盎然全身心投入到苗木嫁接的时候，指挥部却拿不出钱来买嫁接条。各处板栗基地已炼山整地做好了植苗的准备，山民们不得不栽种实生苗。我调离板栗基地指挥部后听说，十万亩板栗基地，有一半栽种的是实生苗。当然，这是后话。

深秋，我同袁高工一起到高砌头板栗基地测产。高砌头依傍酉水（沅江支流，旧时称作白河。逆流而上可至永顺、凤凰、保靖等县，是旧时湘西人通往外面世界的主要交通要道），处在高滩电站和凤滩电站之间，两个大坝使得这片两三公里的水域四季丰盈如深潭，夹河高山壁立，竹林茂密，灌木苍翠，尾如扇子、花纹奇丽的不知名水鸟叫声清脆，山民木屋皆傍山依水，重重叠叠，掩映于青翠竹木中，景象清新可观。板栗基地也都在这些夹岸的山坡上。彼时，板栗林已在秋风秋雨秋光的催化下渐次成熟，地上黄叶堆起厚厚的一层，被太阳晒得焦干，踩上去"涮涮"作响，碎成齑粉。杂交板栗树不像传统板栗树高冠大，高不过丈许，栽种三五年后即挂果。我看到枝叶间拳头般大小的刺球，咧开嘴，露出油光发亮的板栗。许多山民在屋檐下踩球、择籽。大如鸡蛋的杂交板栗一粒抵得过本地板栗两三粒。袁高工看到我对着坪场角落里一大堆烂板栗发呆，说，湘西立地条件适合板栗生长，在缺饭的年代，"一斗板栗一斗粮"，板栗是山里人家家户户钟爱的"铁杆庄稼"。不过，自古，山里人并不种板栗树，野生板栗树同山间其他林木一样，靠着它自身的品质开花结籽，产量并不高，品种也良莠不齐。这些年，县里相继研出沅优一号、铁粒头、九家种等新品种，产量大幅度提高。比如沅优一号去年亩产190斤，而常规品种亩产只有90余斤。但是，杂交板栗亦有致命的缺陷，一是口感比传统品种差；二是含水量高，不耐贮藏；三是杂交板栗的病虫传染性相当强。一粒老鼠屎坏一锅汤，几粒烂板栗可以坏一袋板栗。贮藏上稍有疏忽，上好的一袋板栗便可全部霉变或是生虫，颗粒无存。某年，县外贸局改良板栗贮藏的方法，用河沙保鲜，板栗的腐烂虫蚀率倒是大幅度降低，但是河沙保鲜的方法相当麻烦，老百姓也习惯了传统的储存方法。况且，板栗就是要风干后甜香味才能出来。

袁高工的话就像钉子一样钉在我心里。其时我大姐和我姐夫都成了下岗职工，在天宁市场摆个小摊卖米卖菜，每年秋天会做一季板栗生意。他们下乡赶场收购板栗再拿到城里零售。我现学现用，用大姐收购回来的杂交板栗做实验，择去有虫眼和霉烂变质的，放入加盐的开水中浸泡二至三分钟，迅速倒入冷水，然后用筛子捞起，置于通风处晾干板栗表层水分，再一层河沙一层板栗，堆放在墙角。河沙隔几日会变干，我就将板栗从河沙中翻出来，将河沙喷上水搅拌匀称，再一层河沙一层板栗。河沙保鲜板栗的麻烦也在这里，稍稍疏忽，板栗就有可能霉烂或干枯。

我在板栗基地指挥部工作如鱼得水，心里暗自庆幸。家里虽然仍是穷，但我每月的工资让我娘大大地松了一口气，我爹几乎每个星期都要到我办公室来坐一坐，喝杯茶。第二年春天，田副局长叫我和他一起去高砌头乡。临走时，田副局长让我到财务室取三万块苗木款。一九九二年，还没有面额百元的钞票，三万元，全是面额十元的钞票，三十叠，我长到二十七岁，还没见过这么多钞票，我诚恐诚惶地用一张报纸包了，放进米灰色帆布包里。我一路上小心翼翼，时不时有意无意地按一按帆布包。一行人抵达高砌头时已是中午。这天正逢高砌头赶场，林业站各个房间都是村里来的人。他们或是为村里的林业纠纷，或是来讨几个木材指标，或是来问一问县里乡里新近有没有柑橘苗、板栗苗之类的事。也不晓得是哪个村干部给林管站站长送了一腿上好的野猪肉，站长叫食堂大师父一锅子炖了。我们抵达林管站时，炊炉子刚摆到屋中间，一只斗笠大的铁锅里大半锅野猪肉"咕噜咕噜"响得欢快。田局长说来得早不如来得巧，带头坐到了炉子边。村干部们也不客气，各自在灶上取了碗筷，围着炊炉子蹲成一圈。站长说，我们乡里有句俗话，想喝酒，找借口。今天县里来了领导，又有上好的下酒菜，我不想喝酒都没得借口了。田副局长看到灶炉边十斤装的塑料酒壶，笑骂道，狗日的，想喝酒就喝酒，绕这许多圈子做什么。大家哈哈大笑。食堂大师傅也不容吩咐，将酒壶提到了站长的身后。我将帆布包搭在身后的小木椅上。帆布包鼓鼓囊囊的，将袋子口都撑开来了，看得到里面的报纸。酒过一巡后，田局长介绍说我是县里唯一的林业大学生，即刻便有村干部过来向我敬酒。我有好酒的天性，又不晓得讲客气，别人向我敬酒，皆来者不拒。几碗米酒下肚，我便觉得有些晕晕的了。不过，我喜欢这种晕乎乎、轻飘飘的感觉。酒精稀释了我的羞涩、腼腆和自卑，增添了我的胆量和与人交流的勇气。只有在这种晕晕的、轻飘飘的时候，我才会说一些我平时想说又都没说出口的话。当然，我所能说的既没有牵扯到什么秘密，也无关是非，在听者心里不过是些无关痛痒，听过即忘的闲聊。大家都晓得我有点醉了，但一起喝酒的人要的就是别人的这种醉。湘西男人喝酒，就像一场战争，有人醉倒了，这场酒才算喝得好，也才会鸣锣收兵。那场酒喝得有点久，一直到下午四点才散场。村干部们跟我告别，我跟跄着脚步，醉眼蒙眬着跟每一个人打招呼。村干部约我下回到他们村里去喝酒，我一一应承。田副局长看大家都喝得有点多了，提出先去招待所休息。我虽然醉了却没有忘记背上我的帆布包。

　　站长给田副局长和我各安排了一个单间。我先是和站长一起在田副局长的房间喝茶聊天。这时候，米酒的后劲开始发威，我的脑袋一团糨糊，但我不好意思回房休息，极力坚持着，坚持到田副局长提出来要睡一会儿。站长一走，我头重脚轻地回到自己的房间，像一片羽毛一样倒在床上，随即沉沉睡去，如猪一样，整个晚上连身都没翻一下。第二天早上醒来记起我的帆布包里的三万块钱。帆布包好好地放在我的枕边，然而，三万块钱没了。

香　草

坳坪乡属于麻溪铺区，夹在池坪乡和竹园乡中间，南面与筲箕湾镇毗邻，有发源于竹园九龙山的荔溪横穿乡境。坳坪乡多数村落属岩溶地质，土层瘠薄，山上和田里的出产都不足以供养百姓，又无矿山企业以及外来的经济收入，是全县数一数二的穷乡。我参加工作之初，仍有诸多百姓三旬九食，温饱无靠。

乡政府所在地在坳坪村。因为贫困，与之匹配的站所单位也如村居蛰伏于坳坪村公路两边，毫不打眼。信用社对于村民来说是他们的债务所，能不去最好。不过，信用社也自觉，一栋四封三间的青砖平房远离公路鹤立于山堡上，一块"坳坪信用社"的两尺长的木牌悬挂于大门上，灰不溜秋，隔远看，还以为是一家老式的酒肆或是当铺。企业办是吊脚楼式的，基柱用石头砌成，楼下堆满杂物，乌瓦木地板，玻璃窗没剩几块玻璃，结满蛛网，过风又过雨。企业办的对面是粮店，围墙高设，里面还有一家米粉店，也是坳坪乡唯一的一家餐馆，每到中午后便无吃食可卖。粮店的斜对面有一张屠桌，乌漆抹黑，逢场过节才卖肉。再过去就是县精神病医院，医院倒没有围墙，院里有一株一人合抱不过来的大樟树，天气好的日子，坪场里总坐着一些衣衫褴褛的人，分不清是病人还是当地百姓。最打眼的是供销社，一栋长长的青砖平房立在公路边，有长长的柜台，南货、北货，大多是农村的日常生活用品。除去逢五逢十赶场的日子，坳坪街上平日里安静得听不到鸡鸣狗吠。另外，县麻风病医院也设在坳坪乡，不过在离坳坪乡政府有十几里的高家村的半山腰上，几栋平房用围墙围着，周遭数百亩坡地只长茅草不见树木菜园。我去过几次高家村，每次路过麻风病医院，都只是远远地望一眼，绕道快步离开，怕麻风会如鬼魅一般追赶过来。

香草报到上班第一天就闹了个笑话。晚上去食堂吃饭，问大师傅吃什么菜，大师傅说吃"鸡菜"，香草暗想，生活还不错嘛，看来是穷百姓富机关呢。大师傅舀了一勺酸菜给香草，香草一直站在灶坑边等大师傅把鸡肉端出来，同事们陆续端着酸菜饭出了食堂，香草这才恍然明白，原来"鸡菜"就是酸菜啊。食堂一天开两餐，一早一晚，每餐只煮一个菜。南瓜出来的时候，天天吃南瓜，萝卜出来的时候餐餐萝卜。大师傅叫三关，三十来岁，又矮又瘦小，终年胡子拉碴，过膝的蓝色罩衣结满油垢，一年到头也没看到他换洗过。他一开口说话，会先来一句：唔哆——呢亮（瓦乡语，我日你娘的意思）。他把"哆"字拖得婉转悠长，像唱山歌一般。他老婆高大威猛，恨三关赌牌醉酒，隔三岔五跟他干架。三关的脸上常常现出一道道血印子。有时，财政所一时拿不出钱报账，无钱买菜油，三关就炒红锅菜（即不放油的菜）。有一次，书记气不过，骂他没素质。他回嘴道，素质要能换成钱，我一天三餐给你打荷包蛋吃。香草自小生活在矿区，即便中学寄宿，姑姑周末也会用铁皮饭盒送满罐腊鱼腊肉来学校。像这种半月不见荤腥的清苦生活，香草之前还真的没有经历过，不想参加工作后，经济独立了，倒还有机会体验。

乡政府住房紧，香草报到上班后一直住在旅店里。说是小旅店，其实不过是在吊脚楼上安了四张床铺，一年也难得有几个人来住上一晚。旅店老板张姨还是裁缝，经年坐在临街的窗边踩缝纫机。她娘屋家境好，有当干部的哥哥和姐姐时常帮衬她，丈夫是麻溪铺煤矿的下岗工人，帮她经营着小旅店。张姨并不漂亮，泡泡眼、扁扁鼻，但她那股子沉静的气质却能迷醉人。她似乎有些嫌弃她的丈夫，总是冷言冷语，没开过笑脸，但她在外人面前却总是轻言细语，一脸的笑。香草时常梦到一些奇装异服，以为自己有服装设计的天赋，不要下队而又无处可去的时候，有意识地跟着张姨学缝纫，可是，香草踩缝纫机不是跑线就是断线，从来没有踩出一条有用的缝纫线来。张姨大惑不解，说，你读了那么多书，怎么就踩不好缝纫机呢。香草羞愧得彻底断了跟张姨学缝纫的念头。过年后，区委书记来检查工作，对乡政府党委书记说，坳坪一共也只一个女干部，还是唯一的大学生，你到操坪搭个棚子住，把房子让给香草。不久，财政所长让出了乡政府唯一一套带厨房的套间。房子在北边青砖平房的最东头。从东头到西头分别住着青年干部俊昌、会计茂生、民政所老张、国土站张剑、副乡长肖老四。半年后，我住到最东头的套间，与香草一东一西，对门对户。平房后面是一片菜地，再上去就是连绵的山峦。山不算太高但老长，如一道长长的屏障横亘在平房的后背，山上有成片枞树，平房因此终年见不到阳光，屋后的檐沟走廊常年青苔满阶。晚上，男人们从不去西头的厕所，开了后门，把尿撒在沟里。香草有时被后山的猫头鹰叫得睡不着，静卧床上，听得到男同事们开门关门和撒尿的"嘘嘘"声。香草于是堵死了后门，将洗漱用品搬到了前屋。

　　坳坪逢五逢十赶场。每到这天，街上便挤满了人，公路两边摆满了摊子。香草更是无故地兴奋，整个上午乐此不疲地在集市上来回转悠。摊子多半是外面来的流动商贩，开着三轮车在乡镇间逢场打游击。他们用木凳和木板在公路两边架起摊子：衣服摊子、水果摊子、南杂北货摊子……另外，卖老鼠药的、修鞋补锅的、剃头匠也都将赚钱的家什摆到了街边，也有村民背了自家的鸡蛋、蔬菜以及山货在集市上卖，但并不多。商贩们从外面带进来的是日用品、成衣及各种过季水果，最多的是橘子、甘蔗，能卖到农历的三四月。香草也没有多少东西要买，但她喜欢这种热闹，在人群中钻进钻出，看头上缠有厚厚黑头帕的妇女蹲在公路边卖一只公鸡或几个鸡蛋，又看他们背着背篓在南杂北货摊子边买一把镰刀几包盐；或坐在供销社的阶檐下一边吃甘蔗，一边看穿着补丁加补丁的山民将黄柏、厚朴、杜仲、桂皮、五倍子送进供销社的收购站。香草第一次看到这些成捆的干草、干藤、干树皮，并不晓得是山药，总爱随手扯住人家的衣袖，天真地问，这是什么？被扯衣袖的山民一阵莫名其妙后，总老老实实告诉香草。中午过后集市就散了，像是一眨眼，人和物都被一阵风吹走了一样，不留半点痕迹，街上立马就变得空荡荡。每一场，香草都感觉自己意犹未尽。在乡政府上班，没有周末，香草就盼着每五天一次的集市。

坳坪人说瓦乡语。据说，解放后，划分民族的时候，县里曾申报"瓦乡族"，终因没有自己民族的文字和可考究的历史而作罢。瓦乡语对于香草来说，佶屈聱牙，叽里咕噜，比外语还难懂。香草原本是语言适应能力特别强的人，但这种瓦乡语香草一直就没学会。乡政府除了香草，其他同事都会讲瓦乡话。香草每每要与他们说话，他们不得不将乡话转换成客话。香草下村就更老火了，大多村民根本就只会讲瓦乡语，不会讲客家语。县组织部给香草安排的职务是乡妇联主任。乡政府原先连女干部都没有，乡妇联主任是由坳坪乡中学的张老师兼任。香草来之后，张老师把工作交给了香草。其实也没什么好交接的，连村妇女主任花名册也没有。当然，许多村也没有妇女主任。乡妇联也没有多少实质性的事务，香草的主要工作还是跟着乡政府这部大水车转。妇联工作不过是买块肉搭块骨头。村妇女主任也大都是村计划生育专干。不久，香草认识了光明村的冯主任和幸福村的张主任。冯主任五十多岁，人精似的，一双眼睛滴溜溜转，能把人的五脏六腑看得通通透透。跟香草最有话说的张主任，三十来岁，有两个读小学的儿子，丈夫在外县打零工。张主任还兼村计生专干，每次来乡政府办事都到香草的房里坐坐，说说话。可是，第二年秋天，张主任突然死了。不晓得什么病，还没送到卫生院就咽了气。大家都不相信，香草更不相信。先一天下午张主任还来乡计生办核对村里的上环和结扎人数，完事后又到香草的房里喝了一杯水，坐了一会儿，说儿子们要放学了，得赶回去煮夜饭。走的时候，俩人还一起去了一趟厕所。乡长带着一群乡干部赶到张主任家时，张主任已入了棺。灵堂设在堂屋。香草没有跟大家一起到灵位前烧纸跪拜，径直走到棺木边，抚着棺木眼泪就簌簌流下来。棺材边的女人看到香草落泪，便咿咿呀呀扯开嗓子用瓦乡语唱起丧歌。这种来自远古的没有文字的神秘语言，潜藏着生活与命运的密码，如咒语一般迷人魂魄，香草觉得胸口有重石压着，站立不稳，像一朵棉花一样轻飘飘地向地下坐去，同事们看到香草倒在棺材边，吓坏了，七手八脚把她从灵堂里扶到公路边张会计家。张会计家就是阿芳家。香草在阿芳的床上睡到第二天早上才感觉好一些。大家从山上回来时，张主任的丈夫才从外县赶回来，看到空荡荡的灵堂，丢下铺盖，趴在台阶上长嚎。从此后，香草晚上不敢一个人去厕所。香草一进厕所就想起和张主任一起站在茅坑垫石上边系裤子边说话的情景。

乡干部多数是本地的招聘干部，也多数是半边户，家里都有责任田，插秧割谷的时节，乡干部就请假回去。这时候，乡政府大院就更加安静了，常常除了办公室秘书老李，就只剩下香草一个人。办公室有一台黑白电视机，信号差，尽是雪花点，香草看了几回就没了兴趣。不过，香草也慢慢适应了乡政府清苦生活，将日子打发得有条不紊。如一个乖学生，每天大清早起来跑步，沿溪从坳坪村跑至大元村。香草过坳坪街上时，村民如看西洋镜一样，香草低头飞快跑过供销社后，便是一段壁陡崖深的峡谷，山崖砂岩细碎，茅草稀疏，公路狭窄，仅容一辆车通过。溪崖十丈，溪水湍急清澈，峡谷幽清，不见飞鸟走兽。香草每跑至此，便不由得放缓脚步，静听溪流水响，山风抚耳。淡黄的蒲公英，深蓝的婆婆纳紧贴大地，开得不动声色而又悠然自得。香草跑步回来，三关食堂的炊烟才袅袅升起来，香草开始练字帖。香草虽然读中学以来一直未中断过书法，先是描柳帖，后来又临颜帖，乡干部们都称赞香草的毛笔字写得好，但香草内心明了自己练字十年，并无质的飞跃，缺少灵气，这大概跟人的天赋和悟性有关，不过，香草始终相信勤能补拙。

倘若这一天不下队，香草就关起门来读书。读书一直也是香草的习惯。香草喜欢读书，更觉得女孩子要读书。不过，坳坪没有书店，乡政府也没有图书室（办公室倒是有许多党报党刊，可香草宁肯去河滩上睡觉发呆，也不愿意翻阅），香草大学时抱定非名著不读的观念显然已不合时宜，但她还是想方设法弄到一些畅销书，比如柏杨杂文集、罗兰的系列散文。香草向来把书本当作人生的导师。罗兰的随笔性质的文字，侃侃而谈金钱、修养、逆境、爱与罪、追求之道，读后让人超然、豁达。香草原本是极易向现实生活妥协的人，不索取目前与己无关的爱与远景，对生活对人世有一种单纯而懵懂的热情，在内心攒着一股向上的劲。罗兰的文字无异于心灵鸡汤，指引着香草的人生。香草戴一副近视眼镜，书生气原本就重，来乡政府大半年，仍留着学生头，说着普通话，穿着高跟鞋。乡干部打牌缺人叫她顶个缺儿，她都推脱，也从来不跟大家扎堆聊天扯淡，更不习惯在村里过夜，天一黑，心里无故地发慌，乡干部都说香草还没脱学生气。

香草却不以为然，该做什么还做什么，趁着下村的机会，结识了几个女孩。这些女孩小学未毕业便辍学在家务农，会讲简单的客话，香草深深地怜惜她们，遗憾她们没有文化却又帮不上她们。每逢赶集，这些女孩子便来找香草玩，给香草带野果子吃，香草就请她们吃糖。香草太喜欢吃糖了，供销社的每一种糖她都买过，她的抽屉里从来不缺糖。香草常常吃不下三关煮的饭菜，就吃糖，吃糖，吃糖……乡政府附近最好的去处是公路下面的荔溪，长而宽的溪滩，水极清澈，公路边的居民吃水用水全是它。冬天，出大太阳的天气，床单用洗衣棒在溪石上捶洗后，摊晒在溪滩上，四角压上溪石，一块一块的床单像是给溪滩打了花花绿绿的补丁。香草常独自去溪滩边发呆，横卧于溪滩上，一边看滩边的香椿树像铁扇公主的芭蕉扇一样，永不停息地扇着流水，扇着流云，扇着春夏秋冬，一边大声唱：我从陇上走过，陇上一片秋色，枝头树叶金黄，秋天风来声瑟瑟，仿佛为季节讴歌。我从乡间走过，总有不少收获，田里稻穗飘香，农夫忙收割，微笑从脸上闪烁。蓝天多辽阔，点缀着白云几朵，青山不寂寞，有小河潺潺流过……

你在想什么

我上班的第二年秋天，县里出台了一个机关干部充实基层的政策，时间两年。

彼时的机关与乡镇无论工作环境还是工资待遇皆有天壤之别。林业局无人肯去。那一段时间，中层骨干们见了领导都绕道走。局班子开了几次会，几易其人。我初来乍到，不晓得江湖的深浅，如一只雏鸟四处乱扑腾。局里决定让我去充实基层。尽管其时板栗基地各项工作处于当口，育苗、嫁接以及培管都极缺专业技术人员。而我通过一年的实践已进入角色，做得得心应手，特别是北溶、高砌头板栗基地的实生苗嫁接以及幼苗的培育正等着我去做。然而，在某些领导看来，这都不是问题。少了张屠夫，照吃混毛猪。消息来得突然，我惊愕无措，心里一百二十个不愿去，但木已成舟，毫无退路，我不得不安慰自己：又不是一去不回，两年时间，很快的，往日自己虽然在局机关上班，不也三天两头在乡里嘛。再者，也不晓得让我去充实基层，是不是跟我丢失苗木款有关？倘若是，那自己更无不去的道理。局里为我开了一个欢送会，会上，局长张勤学送了我一个铝桶、一个笔记本、一支钢笔。

我充实基层的乡镇是坳坪乡。局里用一辆双排座四轮货车送我到坳坪报到。

在新单位上班两个月后，我才晓得这与平时三天两天下队完全是另一码事。坳坪乡政府就像一个大四合院，不过，院子中间不是天井，是一个篮球场，但从来没有人打过篮球。当然，乡政府也没有篮球、羽毛球之类的体育器材。政府办公室原先在南边的二楼正当中。办公室秘书姓李，等着要退休的人，个子不高，背微驼，嘴巴周围竖着密密麻麻的皱纹，像小孩子的屁股，样子倒干干净净。我第一次看到李秘书的老婆时，还以为是他母亲，头上缠着的黑帕如锅盖，穿黑色斜襟外套，背一个背篓立在办公室门口。我站在操坪大喊，老李，你妈来看你了。坪场里的乡干部听到后全都嘎嘎大笑。我到坳坪乡政府上班后，接替了李秘书的工作。办公室也搬到对面平房最西头的套间，与香草一东一西，门当户对。

政府礼堂、食堂以及计生办在操坪南边，我睡房的窗子正对着计生服务站的窗子。阿兰和阿芳是计生服务站招聘的临时医生（那时计生服务站刚成立不久，计生医生多为临时聘请人员）。阿兰的男朋友就是坳坪村人，小伙子没有工作，除了长得帅，并没有别的特长，阿兰经常为他哭泣，却舍不得离开他。阿芳的人跟她的名字一样清清秀秀，本乡幸福村人。他爹是村会计，偶尔也做些木材生意。阿芳在县卫校毕业后，她爹想办法把她弄到了计生服务站上班。我来了后不久，一到吃饭时间，阿芳就从计生服务站搬了方桌椅子出来，大家围坐一起吃饭聊天，吃着吃着，同事们陆续端了碗回自己房间，只有我和阿芳两人趴在桌子上说说笑笑。香草像个另类，吃饭时从不扎堆，端了碗径直回自己的房间。其时，区法庭的昊法官正在追香草。昊法官是高富帅，走路喜欢把双手插在裤袋里。父母都在县机关上班，有好大一栋独家独院的房子。某个细雨如霏的黄昏，香草撑一把雨伞在坳坪街上闲逛，昊法官来坳坪办案，在粮店的二楼一眼看到皮肤白皙、神情空灵的香草，动了心思，辗转请乡司法员约香草一起下村，香草浑然不觉，以为是工作上必要的配合。闭塞的乡村，口口相传的消息如长了翅膀的鸟，香草尚未找到与昊法官恋爱的感觉，自麻溪铺至竹园已传得乡乡皆知。香草去区公所办事，昊法官请香草到餐馆吃饭，昊法官一个劲地劝香草多吃，说你们那乡里面没有这些菜吃，语气居高临下，让香草有如鱼鲠在喉。香草从不到区法庭看昊法官，理由是单位忙，昊法官又专程跑到坳坪对香草说，你那么认真工作做什么？过了年，我不要调你出来的啊？我凭什么要你帮我调出来？香草话虽没说出口，但内心却极其不爽，将昊法官送上车，告诉他，以后请再也不要来了。乡政府同事都说香草的眼睛望到天上去了。

香草的住房兼做乡政府会议室。开会前，我会先通知香草。香草就将挂着的内衣内裤、洗漱用具都收到里屋。开会时，同事们自带竹椅木凳。乡政府事务多工作杂，书记像个当家婆婆，一个会，没有两三个小时，不会完。在那样一个闭塞的山区，艰难的年代，坦率表达感情是一件奢侈的事。我坐在角落里，听得无聊了，趁着大家埋头开小差，丢一个纸条给香草，写着：What are you thinking about?

桃花水涨的三月天，溪水与公路齐平了，香草一手提鞋一手提着裤管赤脚去公路上看渔人捕鱼，打捞上来的除去鲫鱼虾米，还常常会有一只破凉鞋半把缺口生锈的镰刀，我纳闷香草为何如此痴迷看渔人捕鱼，她说想看渔夫能不能捞上来一只盖有所罗门印章的黄铜瓶。说完，哈哈大笑而去，留我在原地发愣。荔溪是孕育欢快和爱情之溪。炎夏，溪水清浅，溪底卵石洁净清亮，小指宽的石斑鱼在石缝间嬉戏。傍晚同事们一起下溪洗澡，邀香草同去，香草说自己是旱鸭子，我自告奋勇当护花使者，从颜姨家借来一个车轮内胎做香草的救生胎。香草很快适应跌宕的溪浪，趴在胎上自得其乐。溪水一会儿将香草送上浪尖，一会儿将香草冲进溪涧，一会儿又如慈母，如摇篮轻轻地摇着她，晃着她。流水哗哗，吟咏着一个女子清丽的岁月，妙曼的爱情。我跟不上，便从溪堤上飞奔到下游的某处将香草截住。

不久，香草接到去县里转正培训的通知，时间是一个月。竹园至沅陵的班车每天只有一趟。那天是周日，学生都要回县城上课，车在竹园起点站就坐满了，香草不得不坐去麻溪铺的"狗狗车"（三轮车）。"狗狗车"司机是个小伙子，二十来岁，头发像茅草，大元村人。车是空车。香草一手提行李箱，一手提红塑料桶上了车。车过幸福村时，上来一个抱孩子的女人和一个男人，应是一家人。那孩子一上车就哭，像有谁在死命地掐他，女人将奶子塞进孩子的嘴里，孩子不肯吃，扭过头哭得更厉害了。司机从后窗里回过头来看了几眼发动了车子。孩子时断时续一路哭到池坪，一家三口下了车，同时又上了六个中学生。车厢里终于安静下来，"狗狗车""突突"地驶出了池坪。香草看着枯枝败叶的山峦慢慢地向后退去，不由得来了瞌睡，抱着双臂趴在双膝上。没走多久，突然听到车上"啊、啊"恐惧的尖叫声，香草尚未从昏睡中醒过来已从座位上滚了下来，压在了一个学生的身上，车里所有的人都在车厢里滚来滚去，香草在慌乱中抬起头来，看到"狗狗车"已开离公路，朝一道丈余高的田坎下猛冲，香草想要抓住什么稳住自己，但根本就由不得自己，在车厢里撞来撞去。香草醒过来的时候，已在麻溪铺区医院。我也赶到了医院。香草只觉得头痛得厉害，还想作呕。医生赶紧让我办了转院手续。县人民医院给香草做了脑电图，诊断是脑震荡。香草在医院住了几天，怕影响转正，坚决出院去党校培训。

香草的文才慢慢展露出来。乡政府想要到县民政部门要一些救济物资，需要打一个报告，瞿书记叫香草起草。香草大学学的专业是行政文秘，又练过行草，打个报告不过小菜一碟。香草三下两下就写好，交给瞿书记。瞿书记看过报告，追出来对在屋檐下靠墙晒太阳的香草大大地赞了一番，说，大学生就是大学生啊。隔年年底，县里乡里要换届，香草被推荐为乡人大代表候选人放到机关和学校参加选举。香草认不得几个选民，但大家都认得香草，晓得她是才二十来岁的会写材料的女大学生。香草自然顺利当选。后来，香草才晓得这也是组织意图，乡人大主席团需要香草去做人大联络员。香草跟了坳坪乡的县人大代表去县里开会，县长书记到县政府招待所来看望大家，和香草握手时说香草是县里最年轻的代表。

而我字如鸡爪，文笔晦涩，词不达意，毫不懂公文的格式套路，写材料对我简直是一种折磨，而领导们看后都说直想把我的材料丢到茅坑里去。我晓得自己实在不是坐办公室的料，主动请辞。第二年开春后，乡长就让我驻村，让香草代替我做办公室主任。

这年冬天，县里在各乡推广沙田柚嫁接。坳坪人喜欢房前屋后植柚子树。柚子产量高，却酸得离谱，至寒冬腊月，满树金黄柚子饱得了人的眼福却饱不了人的口福。嫁接是我最热衷的工作，主动从乡林管站将柚子嫁接的事揽了过来，去县林业局取回了芽条，又把嫁接刀和剪刀磨得风快，也不待政府安排，独自挨家挨户去嫁接。香草待在办公室无聊了，就请同事代班，跟着我一起到村里去嫁接柚子树。本地柚子树都不算高大，我也不搭木梯，双腿一缩，噌噌爬上去。我做事磨缠，一枚嫁接芽看了又看，半天找不准切口，半天不肯下刀。香草则找一些矮小的柚子树嫁接，她手脚飞快，削芽切口如削萝卜，唰唰唰，三两分钟就能嫁接好一个芽苗。不过，能不能嫁接成活，香草全不管，我总要把香草嫁接过的枝条翻来覆去看了又看。

我在坳坪

　　香草代替我做办公室工作后，我被派驻小叉溪村。小叉溪村是全乡最小的村，不过三四百人，村支书是个中年妇女，姓张。小叉溪不通电，又偏远，当天去无论如何不能返回。有人说，张支书看人炒菜，一般干部去她家，她不是酸菜饭就是蔬菜饭，乡长书记去了，她偷偷打两个荷包蛋卧在书记乡长的饭碗下面。我第一次去小叉溪村，张支书炒了一碗臭豆渣拌干椒，我吃后肚子痛了一个晚上。夜里黑灯瞎火的，又不时有老鸹鬼一样"哇哇"的叫声和狗的吠声，感觉自己站在阴曹地府的入口一般。村主任是个年轻人，也姓张。但张主任家住在山上，沿着小叉溪往里走，再爬一个笔陡的坡。张主任高中毕业，性子软和，像个文弱书生。我和他说得来，他也什么话都跟我说，但从不说支书的好坏。张支书说村主任有肺结核。我每回到他家吃饭都担心被传染，但我又喜欢住到张主任家去。春天满山的野樱桃花，白花花灰蒙蒙的，像是被雾罩着，又像是有一团团白云挂在山间，我可以坐在张主任家的屋场里呆子一样看半天。到了四五月间山上各色的杜鹃开到极致，我看了个够以后，又折一大束，不辞辛苦走十几里山路抱回乡政府送给香草，同事们都笑我是司马昭之心。山上也有野兽，山民们偶尔抓得野雉或是果子狸，都舍不得自己吃，拿到集市上去卖钱。虽只是三四百人的村子，却有两所小学。山上一所，山下一所。说是学校，不过就是借了村民家的一间没有大门的堂屋，桌椅板凳也都是从自家搬来的。一个代课老师，七八个学生，学校隔年招生，只有一年级和三年级。一年级上课的时候三年级的写作业，三年级上课的时候一年级就写作业。山下的小学是张支书的女儿负责，山上则是一个姓蓝的代课老师。我每回上山去，就自作主张请蓝老师休息，我跳上讲台给孩子们上课。用普通话照着教科书教他们念拼音、写生字。孩子们如小和尚念经，口里跟着我念，一双双眼睛却滴溜溜在我身上探研。那时的乡村穷，能饱吃一餐猪肉，坐一回手扶拖拉机都是一种奢望。他们中的大多数读完三年级后便不得不回家务农，任凭命运的驱使，苦争苦力，终老山林。我西装革履，书生气又浓，在这些没有见过火车、轮船的孩子们眼里，我是见过世面的人，是繁华尘世活色生香的代表。

　　从秋天到冬天，我的主要工作就是跟着大部队收农业税和乡统筹款。那时候的冬天特别冷，一个冬天总有几场大雪，乡村的雪又不容易融化，山啊，田啊总积着厚厚的雪。融雪天气比下雪天气更冷。我跟着大伙儿在村里挨家挨户转悠。村民对上门收税的人不冷不热，村干部和乡干部也不多讲话，只是拿出税费册子，告诉人家须交多少还欠多少。多数的村民家都交不出钱，乡村干部像是耍赖皮的叫花子，主人不打发就不走。大家窝在屋檐下。秋冬的太阳都像长了毛，晒在身上也是冷浸浸的。主人没办法，开了火堂屋门。有乡干部用火钳刨开火坑，添几根木柴进去，用吹火筒猛吹几下，柴灰乱飞，一阵烟熏火燎后，柴火"噗"的一声燃起来。我穿一双春秋皮鞋，脚趾僵冷如冰块，顾不得板凳上的灰尘，一屁股坐到火塘边，抱着火烤。村民晓得躲不过了，狡猾一些的就让宽限些时日，说几天后亲自送到村干部家里去，而木讷一些的，靠着壁板听乡干部一番喋喋不休后，终于取了蛇皮袋，开了谷仓门。可是，谷仓里不过二三百斤稻谷，几十斤苞谷，一家人最多也只能应付过新年。大家都不忍心，可又不得不硬起心肠抬一包谷子出来，用秤称了，又让村民自己背到公路边去。我的身子尚未暖和过来，村干部又带着大家去下一户人家。

乡政府的另一项常年四季不得歇息的工作是计划生育。虽然计划生育政策在坳坪乡已执行二十多年，但老百姓的生育从无计划，特别是生女儿的人家，三个五个，没有儿子的，就觉得成了绝户，在村里抬不起头来（至于养不养得起，那不是问题，在他们心里，多一个孩子，不过多一副碗筷而已）。那时一年有四次计划生育突击活动。每到这时候，计生服务站、精神病医院、乡卫生院住满了结扎对象，连乡政府的礼堂也空了出来。高家村有一位和我同姓的妇女，她有三个女儿，我和村干部去她家，劝她去政府做结扎，她不肯去，理由是家里没米了。我就用自己的粮本从粮店买了三十斤大米送给她，香草也送了她一件新灯芯绒衣和一床蚊帐。而她也记得我和香草的好，后来，每回到坳坪赶场都会来看看我们，带野果给香草；从山上抓得一只野兔，舍不得给家人吃，和了黄豆炒好用罐头瓶装了送到乡政府。有一次乡政府计划生育大行动，书记叫我送一个怀孕八个月的孕妇去县里引产，到了县计生服务站，我带着孕妇办好了一切手续，就等着孕妇上手术台，孕妇说要上厕所，我想都没想，就让她去了，结果孕妇逃跑了。我打电话回乡政府，书记把我狠狠地臭骂了一顿。许多年后，我跟香草提起那个逃跑的孕妇，不知道她肚子里的孩子安全生下来没有，生的是儿子还是女儿，孩子长大成人没有。算起来，那孩子该有二十岁，该上大学或是走上社会赚钱养家了。

第二年，县里又开始轰轰烈烈搞"计划生育回头看"（把前几年超生的再罚一次款）。全体乡干部统一行动，开仓取粮，赶猪牵牛，缝纫机电风扇也被拿去抵罚款。有一次，我们去烂泥村拆房子，烂泥村又偏远又贫穷，但我们要拆的那栋木屋几乎是村里最好的，修建不超过十年，四扇三间，壁板全是杉木，用桐油漆过，棕黄鲜亮。屋主人是一对老年夫妇，他们的儿子媳妇超生第三胎后逃跑了，老夫妇于是被"连坐"。老妇人默默流着眼泪将屋里的铺盖家什搬到坪场，老汉在一边不停地自言自语道，拆吧，拆吧，不要搬了，不要搬了。许多村民围在木屋四周，目光呆板，一言不发。几个乡干部爬上房顶，稀里哗啦，几锄头将屋瓦耙了下来，可锄头怎么也敲不烂木屋壁，有人提议用斧头，老汉随即给我们从邻居家借来斧头。当然，乡政府也容不得有违抗的计生对象，稍有违抗的就捉到乡政府来。有一次，乡领导安排我押着烂泥村一位超生对象游街。超生对象的脖子上挂着一块一米多长的黑板，上写着"超生的可耻下场"。细细的铁丝深陷进他的后颈里，他个子又小，沉重的黑板吊得他几乎走不动路。我觉得他实在是太辛苦了，就取下黑板，一路替他扛着。过后，坳坪街上的人都笑话我。

飞籽成林

"一坨岩头十两屎",这句湘西俚语的意思是湘西的土质肥沃,特别是板页岩和紫色土富含磷肥等养分。民国十九年《沅陵县志》载:杉木之利,不烦自种,每砍伐后,根之周围萌蘖丛生,不数年间,青莎弥望。松则飞籽成林,老松结子,随风乱坠,雨润日暄,遍生山谷……据老人们说,千百年来,湘西人虽然不兴大范围植树造林,却也有小面积造林习惯。地主请人皆伐(林业术语,大小树木全部砍掉的意思)一片五六亩,最多不超过十来亩的林地,林地里的树木,不论大小全砍掉后,将林地开垦出来种上苞谷,连续种三年。期间,有山风吹来种子,也有山鸟衔来种子,更有老树蔸发出来的新芽。造化以自身为木铎,以万物为养料,自我萌蘖,自我生长,自我成材。皆伐后的苞谷地里一株株树苗长出来,一片新的林地自然而成。当然,也会留下一些被上帝遗忘的角落,则请工人从苗木过密的地方移植到稀疏的地方。三年后,地里不再种植农作物，树苗借助土地固有的肥力，以及大自然风霜雨雪的沐浴自生自长，二三十年后，便又成了一片可用之林。

不过，造化供养万物的资质千差万别。尽管同样是四季温润，雨水适当，溪流蜿蜒，有些土质并不适合树木生长，比如石灰岩，土层浅薄，土质贫瘠。从坳坪起始，沿荔溪一路往下，池坪、麻溪铺、箐箕湾以及凉水井镇都属于石灰岩——喀斯特地貌。据说，好多年前，这些地方也是森林茂密，大树参天，百十年来过度的砍伐使得这些地区终于变成无林地。土地的贫瘠和乡村的贫穷，让一棵树木的生长变得格外艰难。一棵松树种植二三十年才能长到菜碗粗。这二三十年间，这株松树的命运跟坳坪的老百姓一样多劫多难。除去要经历风雪冰旱，还要时时担惊受怕。尚是一棵小树苗的时候，就要担心被老牛当作嫩草啃吃，死里逃生长成半人高，得担心被当作木柴砍掉，偷偷摸摸地存活至三五年，已有拳头粗了，则会有许多眼睛盯着，打它的主意，想把它换成白米，换成孩子的学费，老人的医药费……在那个贫穷的年代，生存是硬道理，要用草根、树皮、观音土当粮食，又怎么会放过山上的一木一果？老百姓等不到要二三十年才能成材的树木，他们的肚子饿啊。

湘西素来靠山吃山，靠水吃水。坳坪的山水显然靠不住，为了生存的坳坪人除去依靠政府那点可怜的救济粮，最后还是要靠只长茅草不长树木的荒山。《云谷杂记·卷四》中载："沅湘间多山，农事惟植粟，且多在山阜，每欲布种时，则先砍林木，纵火焚之，俟其成灰，即布种于其间，如是则所收必倍，盖史所谓刀耕火种也。"逢灾年，山民更是"蹶然以起，致力于山，河壖、林麓、靡不耰锄向之。"每到秋末冬初，有太阳的日子，荔溪两岸的山坡上便开始烟熏火燎。剃成光头的山坡，只剩烧黑的树桩、黄色的土壤，远远看，格外干净、亮眼。转过年，一阵春风，几场春雨，东一片西一片白色的荞麦花，金黄的油菜花不只亮丽了山川，更温暖了村民们饥饿的双眼。"一年种田半年粮，半年靠山吃杂粮。"粟米、荞麦、苞谷、红薯……是那个年代的主粮。在飞播指挥部工作的老张告诉我，原本，湘西就是一个田少山多的山区，粮林争地是一道几千年不能化解的矛盾，更不用说像坳坪这种山上没有林木的乡镇。

当然，县里乡里常年四季也宣传消灭荒山，封山育林，禁止乱砍滥伐，禁止毁林开荒。乡政府请人在堤坝、打眼的围墙上刷"封山育林造福子孙""放火烧山牢底坐穿"的大幅标语，可山民们想烧炭时仍旧烧炭，该垦荒种苞谷萝卜时照样种苞谷萝卜。生存是硬道理。在这里工作几十年的政府干部早已习惯了坳坪的贫穷，习惯了满目荒山，习惯了村民年年垦荒种粮。我才参加工作不久，学的又是林业专业，满脑子想把荒山变森林的梦想，觉得像坳坪这种连绵几万亩的荒山，就是一张亟待绘画的白纸，等待我们在上面画出茂密树林，锦绣山河。

我到坳坪乡第二年，县里将坳坪乡纳入飞播造林规划。县里几年前就开始争取飞播造林项目，成立了"飞播指挥部"，舒溪口、三角坪的飞播造林成活率高，顺利通过了省里的验收，县里便又顺理成章地争取到了新的飞播造林任务。不过，我听指挥部的老张说，飞播造林主要还是在后期的封山育林上，舒溪口飞播造林之所以成功主要是后期的管理到位，乡林管站进行了大面积的补苗。我得知坳坪乡纳入飞播造林项目后，暗自嘀咕了好一阵，按坳坪的土质特征，并不是很合适搞飞播，这好比在麻袋上绣花一样——土质太薄了。但从省里到县里再到乡里，没有人提出异议，大家都沉浸在飞播造林的热情里，我哪敢多嘴，唯一能够做的就是埋头落实飞播造林各项事宜。

飞机播种造林对于坳坪人来说，是一个特大新闻，一件稀奇事。山民们祖祖辈辈生活在山窝里，一辈子没看到过火车、飞机，就是汽车一年也难得看到几回。飞机要来播种的消息如当年初次进村放电影一样，一夜之间传遍各个村寨。大家都想一睹飞机的真容，看看飞机是如何张开双翼撒种造林的。乡政府召开村干部飞播造林大会，村干部们关心的不是飞播前的炼山整地，而是打听飞机什么时候来，会飞到哪些村去撒种。高家、烂泥、小叉溪几个村最偏远，不通公路不通电，但这些村属雪峰山脉，土质好，植被好，森林覆盖率高，不是飞播范围，可这些村的老百姓最想看西洋镜。飞播之前，需要大量的劳力炼山整地，山民倾巢上山磨洋工。我不具佞才，又羞于口舌，既无魄力，更无影响力，轻言细语跟村干部们交涉，其效果可想而知。但我哪里顾得这许多，如一只被抽得飞转的陀螺，每日在各个村寨间奔波，在图纸上勾出飞播带，逐个山头实地查看飞播范围，几天几夜守在村里，不回乡政府。

飞播时间定在夏初。那几日，气温一路飙升，太阳更是晒得人痛。好些日子没下雨了，地里干得冒出烟来。我盼望来场大雨，飞播造林带的土层原本就瘠薄，不靠雨水，种子哪能发得出芽，扎得稳根。可明明是潮得拧得出水的天气，天老爷却落不下半滴雨。飞机来播种的那天，县里来了许多人，乡里和村里的干部全都聚集到了乡政府，大家议论纷纷，翘首以盼。我大清早就去了棕湾村的老鸹山，那是飞播必经之地。这天，我特意穿了玫红的T恤。我估计，依了直升飞机飞行的高度，飞行员应该能够看到我。到了中午，飞机还没有来，跟我一起上山的村民按捺不住，猜这猜那，有人嚷嚷着渴死了，饿死了，太阳又晒，好些人都以为飞机不会来了，坚持不住，呼伴下山。我一个人坐在山岩上吸烟望天，天空蔚蓝得没有一丝儿云彩，山峦苍郁，茅草丛生，山巅两三株松树孤立，天老地荒，万物无声。茫然无措间，我突然听到飞机的嗡嗡声。我站起来，朝着声音的来处，远远看到飞机如一只大鸟一样飞过来，飞过来，声音越来越大，声音轰隆……我挥舞着手里的草帽，飞机越来越近，也越来越清晰，我甚至看得清机翼上的红字。飞机如一只大鹏鸟，轰鸣着从我的头顶飞过，我张开双臂，等待一枚种子飞进我怀里，撒进我脚下的土地……

之子于归

　　除了香草自己，没有人赞同香草与我恋爱。香草的父母更不想让香草在这个穷乡僻壤安家落户，在湘中加紧给香草介绍对象，有干部，有老师，有工人。有个军人老给香草写信，还寄来了照片，穿军装，立于海边，五官端正，很威武的样子。

　　可是，恋爱中的人，眼睛是瞎的。

　　我是麻溪铺镇千丘田村人。千丘田，按字面上的意思理解，千丘田村应是有良田千顷，稻粱丰沛的地方。可是，真实的情况并不是这样。319国道穿村而过，公路边有成片水田，百十亩，当然远远达不到一千丘田的数量。我读大学后，这坪上的田多数用来育树苗，不育树苗的时候，就种上白菜萝卜，很少看到稻花开稻浪涌。一条丈余宽的小溪与公路成"十"字形。小溪长年水流滞浅，到了夏天，村里的水牛都泡在溪里，把小溪泡出一个个大泥坑。溪水自然不能喝，一个院子打一个水井。我们刘家院子的水井打在一丘水田中间，离我家大约二百米。说是水井，不过是一个一米见方的水坑，井沿砌石围栏都没有，周遭长满水草，因为水源不足，到了干旱季节，水坑也随之无水可挑，我家就要到几里路以外的李家庄去挑水。有那么几年，我的哥嫂与父母不和，我隔几日须回去给父母挑水。

　　我家在山冲里面，屋后是山，山上除去一棵板栗树，一棵酸柚子树，便是黑森森的岩石。家里一年四季烧的茅草和灌木丛是从很远的责任山上砍回来的。像刹稻禾一样成片砍下来，大片的黄沙地就裸露出来，如黄土高坡一样，隔年春天，灌木蔸又发出新枝，我们也年复一年地砍伐。挽成一把把的茅草或灌木丛一点也不经烧，送进深而大的灶坑里"扑"的一声，吐出一片火舌后，顷刻间便熄灭了。我家的柴又常常半湿半干就拿来烧了，灶坑前总是浓烟滚滚，令人涕泪双下。我爹娘太希望有一片砍不完的树林，有烧不完的柴，我出生时，我爹给我取名为刘林子，直到上学，在外工作的堂叔觉得刘林子这个名字实在太过随便，按了辈分，给我重新取了个规规矩矩的学名。虽然，千丘田山上不长树木，但地里种出来的香瓜却特别地清脆香甜，远近出名。到了夏天，城里许多卖香瓜的贩子就打千丘田瓜的旗号。香草和我结婚几年后，有一次在天宁市场看到有一位水果贩子在赌咒发誓说他卖的是千丘田香瓜，香草觉得好笑，即时生出恶作剧念头，她走到水果摊子前，拿起一个瓜，很正经地掂了掂看了看，然后说，你说你的香瓜是千丘田瓜，千丘田就那么几片瓜田，你倒是说说，你的瓜来自哪一片瓜田？那贩子顿时悻悻然，双颊绯红，说不出半个字来。其实，香草连千丘田的地界范围都不清楚，更不要说哪些地方种了香瓜。

小时候，家里穷，我每天的早饭多半是一个苞谷粑粑，吃得我流清水。有一天早上，我娘又递给我一个苞谷粑粑当早饭，我嘟起嘴接过来，踢踢踏踏出了门，咬了一口后，用力将苞谷粑粑往自家牛栏屋顶上一摔，苞谷粑粑在空中划了一个长长的优雅的弧线后，落到了牛栏后面的稻草垛上。放学后，我饿得前胸贴后背，急旋风一般奔回家，翻箱倒柜找吃的，可是连半个苞谷粑粑都没有。这时我记起早上丢在牛栏后面的粑粑，跑到牛栏屋后，被我咬过一口的苞谷粑粑还安安静静躺在那儿等候我的青睐。小时候为了吃，我不晓得做了多少回贼。毛叔是我的叔父，有三个女儿一个哑巴儿子，他们的年龄和我的哥哥姐姐们都不相上下。毛叔牛高马大，话语不多，双眼从来不与人对视。他常常指使我们兄弟去偷东西，什么都偷，园子里尚未成熟的李子、桃子，地里的各种菜蔬。有一次，他叫他的哑巴儿子、我、五佬（我的弟弟）把有户人家的大冬瓜偷回来了。第二天，丢失了冬瓜的女人在菜园里哭骂了整整一个早晨。好多年后，我还记得那个女人在菜园里歇斯底里哭骂的情景。

因为家里缺粮少吃，我娘就将我送去外婆家寄养。外婆家的家境好多了，大舅在邮政局工作，小舅开商店。我着实过了一段吃饱饭的日子。可是，不久后我就犯了事。我看到外公将长长的旱烟杆伸到灶坑里点火吸烟，烟杆菀头一明一灭，外公的鼻孔却冒出烟来，我觉得太好玩了，趁外公不在家，也学着将长烟杆伸到灶坑里，结果，烧断了那宝贝。我的幺舅母将我藏在衣柜里。外公咆哮着满村满院子找我，说要几棍子打死我。我从衣柜里跑出来，连夜逃回了千丘田。我们同一个院子的德生叔，终生未娶，无故地喜欢我，常常用自己的大米饭换我的红薯。

去溪堤放鸭子是我小候最重要的活汁。家里养了五六只洋鸭子，我每天早上负责将洋鸭子们赶到溪对面的水田里去。我对赶鸭子不感兴趣，我的心思是抓泥鳅。那时候，有个叫五二厂的工厂建在千丘田村。厂子有几百职工，是一个庞大的消费群。千丘田村人也沾着这个厂子的光，菜蔬瓜果都背到五二厂去卖。我跟我娘去卖过几次鸭蛋，也看到别人提了泥鳅在卖。于是，我动了心思，趁着放鸭子的工夫，在水田里四处翻腾。时值仲春，乳燕新归，紫云英开得灿烂，秧田犁成了一道道泥浪。我就在这些泥浪里翻泥鳅，偶尔也能捉到半斤一斤的。犁田的汉子是我的姨父，他喜欢我的顽劣。有次，他道：林子，你的泥鳅都是在我犁过的田里捉到的，你得买包烟给我吃。我将泥鳅提到五二厂，卖得好几毛钱，也不全交给我娘，自己留下一角钱，那时的零湘烟八分钱一包，我买了烟真就拿到田边送给犁田的姨父。姨父也不客气，放下犁铧到田塍边吃烟。我看到香烟从姨父的嘴里鼻孔里喷出来，又想起了外公的旱烟荶，不由得暗暗地吸了吸鼻子。姨父看到我出神的样子，晓得我动了心思，便抽出一根香烟来给我点燃了，我无师自通，竟也能从鼻孔里吐出烟雾来，并且，觉得烟的味道还不错，让我有腾云驾雾的感觉。从此我翻泥鳅卖得钱，总要扣下一包烟钱出来，也不孝敬姨父，自己偷偷躲到牛栏后面的稻草堆里享受。那一年，我八岁。

我学会抽烟，便一发不可收拾，烟瘾一天天大起来，无钱买烟时，便去五二厂捡烟蒂把，先是捡到烟蒂把直接点燃吸了，后来，从大人那里得出经验，晓得烟蒂把从别人的嘴里进进出出无数次，沾满口水细菌，不卫生，便学大人们将烟蒂把里的烟丝另外用纸转成喇叭筒后再吸。有时候，实在没有钱买烟或是捡不到烟蒂把，就去偷我爹的旱烟叶。有一次终于被我娘捉了现场，拿了门栓将我狠狠揍了一顿。然而，我并未因此戒烟。读中学时，在学校寄宿，躲在蚊帐里偷偷抽，差点引起大火，幸而同学发现得早，只烧掉了蚊帐。为此，我被我大姐又狠揍了一顿，几乎拧掉一只耳朵。但我还是屡教不改，照吸不误。我娘和我大姐也彻底死了心，睁一只眼闭一只眼，让我抽。

我家的贫穷并没有随着我们兄弟姐妹的长大而有所改变。家里除去终于有饭吃，负债却越来越多。我考上大学那年，我哥海生刚结婚不久，嫂子元秀陪嫁过来几床铺盖。说是陪嫁，其实是我父母送钱过去给置办的。我要带铺盖去衡阳读书，家里哪里拿得出钱来添置新行装。我娘的意思是想让元秀嫂子送一床铺盖给我这个小叔子，可元秀死活不肯。我娘又实在借不到钱，就跟我嫂子大吵，我大姐不得不替我添置了一床新铺盖。黑木箱也是我娘砍了一棵椿树请人做的。为了这棵椿树，我娘跟毛叔大干了一架。椿树长在毛叔家的后坎上，毛叔说，椿树是他家的。可我娘说，当年分家时，这棵树明明是分给我们家的。两家人都拿不出证据，证明这棵椿树是自己家的。我娘原本就强梁，个子高大，样样农活难不倒她，敢用大海碗跟男人同桌喝酒，又有三个儿子，而毛叔只有一个儿子，还是个哑巴。其时，我又是刘家院子里唯一的大学生，我娘的气焰更是高了三分。她跟毛叔大吵，什么难听的话都骂出来，就差没有搬出共同的祖宗来操。

初冬，我带香草回了一趟麻溪铺镇千丘田村。其时，我的父亲正在院子里打牌，我娘在坪场上尖起嗓子吼他回来，我爹放下手中的牌回来看了香草一眼，转身出门，在门口对我娘说了两个字："要得。"我爹是做先生的，一辈子替人做道场、选日子，看屋场，香草在他眼底下过一眼，他就晓得香草和我有没有姻缘。有人说，人世间的姻缘皆是月下老人牵的红线，那么，这月下老人手持的红线，多数时候恐怕是一团麻，老人家自己理不清了，随意派发，于是生出诸多离散苦痛，诸多失败的婚姻。我和香草的姻缘，香草说是圣诞老爷爷送给她的一份"大礼"——香草和我在圣诞这一天领取结婚证，结为夫妻。

　　圣诞节这天，我从西头的办公室走过来，香草从东头的住房走过去，一起到民政所领结婚证。张所长是个五十多岁的老头，平日一脸严肃，像个关公，但那天老所长心情却特别好，我和香草说要领结婚证，他二话没说，笑眯眯地拿出两个红塑料本让香草自己填写。香草无故地心慌，心突突地跳，如怀揣着十只八只兔子，拿笔的手不住地颤抖，平日写字行草如飞，这时连写自己的名字也觉得僵硬。我倒像是来办一桩公务，微笑着半声不响立于一旁看香草填结婚证，看老张盖公章，拿纸烟给老张吃，末了，又给了一包未开封的白沙烟给老张。老张自始至终都微笑着，一言不发。香草拿着结婚证回到自己的房间默默落泪。我搂着香草的双肩说：我会对你好的。

　　令香草没有想到的是，圣诞老爷爷送的这份"大礼"，不过是才从工厂出来的半成品。香草自以为自己多书生意气少世俗气味，结婚后恍然明白，她的丈夫我才真正是不食人间烟火的相公。

自小，家里除了我，都是一顶一的好劳力，无论是在生产队挣工分，还是后来分田到户，我除去放一放鸭子，田里地里的活计都不要我插手，而家务事更是扫把倒在地上也不要我扶的。进入中学后，我更是两眼不望窗外事，一心只读圣贤书。对于一个新家所要承担的责任及义务，我皆不懂。我以为结婚只是将两床铺盖放到一个床上，在一个锅里煮饭吃，如小孩子过家家那般好玩又简单。我不会煮饭炒菜，更不晓得组成一个新家需要置办一些必要的家庭生活必需品，比如橱柜桌椅，锅碗瓢盆。香草跟我说，我恍如梦中醒来，结婚还得添置这许多东西吗？香草于是带我参观新婚同事朋友们的新房，我看后愕然不已，心想，幸而，之前不晓得结婚成家是这般麻烦的事，否则，这婚，结不成了。

二 姐

　　我二姐出生时的哭声就与众不同，别的婴儿都是哇哇啼哭几声便住了口，而二姐是嘤嘤地哭个不停，像是遇到了伤心事。我娘觉得二姐哭得晦气，二姐一出生，娘便不喜欢她。

　　我上面有一个哥，两个姐，下面有一个弟弟。我的记忆里二姐是没有上过学的。我的哥哥和大姐都是高中毕业，而二姐却没有进过学校门，这在外人的眼里，实在是件奇怪的事。小时候，二姐被我娘赋予的命运就是带孩子。我娘负责生，她负责带。二姐的下面原本还有一个妹妹，按算，应是排行第四，但这个老四体质弱，老生病，家里饭都吃不饱，哪里来的钱给她看医生。二姐也不过五六岁，她承担起照顾四妹的全部责任，擂米糊、煮稀饭、换尿布，然而，四妹还是未能长大，到两岁的时候，她通宵啼哭，喂不进任何东西。有一天晚上，她突然不哭了，她死了。二姐哭了好些天。许多年后，我的大姐和大哥对我娘说起那个死去的妹妹，戏说那个妹妹是被我娘放到尿桶里摁死的。我娘不置可否，只说了一句，她哭得讨厌。况且，那时候，我在她肚子里快出来了。

　　九月份，二姐该进一年级了，但我刚好半岁，我娘必须去生产队挣工分，父母的工分就是一家人的口粮。我娘没有和二姐商量，好像二姐原本就不要上学，不要识字。其实，二姐是想上学的，还在八月份，她就偷偷地将大姐用过的花书包洗得干干净净，藏在自己的床垫下。看着哥哥姐姐背着书包去上学，二姐天天坐在门槛上哭，一开始我爹还劝几句，后来也不劝了，任二姐哭，哭到我爹娘都挣工分去了，院子里空落落的，二姐也哭累了，睡在摇窝里的我也被她哭醒了，二姐一边抽噎着一边就去抱我。到了第二年二姐仍没能去读书，我一岁半，刚刚会走路，到哪里都要一双眼睛盯着，这双眼睛只能是二姐。第三年，二姐就更不能去上学了，因为我娘又生了一个弟弟。这时候，二姐已经十岁，她也已经死了了去上学的心，她说，十岁的人和六七岁的人坐到一起读书，人家不笑她，她自己先要羞死了。但每到开学，看到哥哥姐姐背着书包去读书，二姐就要无缘无故地哭一场。

　　我上小学的时候，二姐挣工分的年纪也到了。但二姐真不是一个挣工分的好手，她人长得秀气，但脑子却不灵光，反应总比别人慢几拍，插田、除草样样不利索。彼时，我的大姐已高中毕业，回队里挣工分了。我的大姐和我娘一样，是能干而强梁的人。二姐秧插得不好，行距株距不均匀，我娘就骂二姐，大姐也骂二姐。二姐又羞又不敢顶嘴，只有哭的份。不过，二姐虽然憨愚，但笨人亦有笨人的快乐。在生产队做工的那几年，是二姐一生中最快乐幸福的一段时光。她每天和大家一起出工，劳动，和女伴们一起在院子里疯，去五二厂看电影，每一个日子都被快乐填得满满的。二姐是我们几姊妹中长得最秀气的一个，说话也细声细气，给人的第一印象特别好。很快就有一个城里的小伙子看上了二姐，二姐也很中意。我爹娘东拼西凑办了嫁妆，体体面面把她嫁到了城里。正当大家都在羡慕二姐的时候，不知为什么，那小伙子却又不要二姐了，一家人打她骂她嫌弃她，二姐由此发了疯，赤身裸体在大街上嚎啕大哭。我爹不得已把她接回来，送到郴州精神病医院治了半年。俗话说，疯子诊好是个苕子（呆子的意思）。二姐从此像没有了魂魄，地里的活一样不会，只会煮饭、喂猪等简单的家务事。

　　几年后，我娘又给二姐找了一个婆家。婆家比我家更穷，但二姐夫忠厚老实，能够善待二姐。一年后，二姐生了一个男孩。婆家为此欢天喜地，二姐夫还去我家放了鞭炮，报了喜。我娘也去送了粥米。可是，孩子却不好养，三天两天生病。最初请村赤脚医生看，后来去了乡卫生院。大年三十这天，孩子死在县人民医院。彼时，我还只是个中学生，奉我大姐之命赶到人民医院，死去的孩子静静地躺在医院走廊的长板凳上，二姐正哭得死去活来，二姐夫抱着自己的头，蹲在孩子身边。我也不晓得如何劝他们，只说了一句，你们回去啊，要不搭不上回深溪口最后一班船了。二姐又哭了一阵，和二姐夫走出医院大门。我想叫住他们，问问孩子怎么办，又觉得多余，住了口，怔怔地看着他们的背影消失于医院的大门。幽暗的走廊里没有一个人影。我静静地坐在孩子的身边，脑子里一片空白。也不晓得坐了好久，"当——当"的钟声将我吓了一跳。这人民医院是天主教堂改造成的，已没有教徒做晚课，但顶楼的钟声每天依旧按时响起。有一位穿长袍的人匆匆从我身边走过，走廊太昏暗了，看不清他是男是女。他往前走了几步，转过身来，看看孩子，又看看我，冰冷冷地说了一句：去找一个纸箱子，将孩子埋了。说毕，也不待我回答，又匆匆地走了。我站起来走到门口，随即又走到孩子身边，看了看孩子，我怕孩子被人偷走，飞快地跑到一个垃圾桶边捡了一个纸箱子回来。孩子还静静地躺在长板凳上。我抱着纸箱子走出医院，往大姐家的方向飞奔。正是吃年夜饭的时候，大街上没有一个人影，但到处是鞭炮声。我这时才猛地想起，今天是过年，这个死孩子是不能抱到大姐家去的。可是，将孩子埋到哪里去？千丘田？城里离千丘田三十里，太远了。我漫无目的地走进马路巷，依次走过天主堂、永生堂（属基督教）、清真寺。我爹做先生几十年，为亡者超度，我从来不信鬼神，只觉得那不过是爹养家糊口的手艺，跟村里的木匠、石匠、铁匠一样。可是，现在，我却忽然很想请人为纸箱中的孩子超度。这些教堂会不会给小孩超度？我一边想着一边不由得放慢了脚步，侧头往天主堂的大门里探看，但只听到人声看不到人影，唯有一盆辣椒花挂着红红的果子，格外惹眼。我不敢进去，抱着纸箱子继续走，走到荷花路的岔路口，我不晓得该往左走还是往右走，纸箱子似乎变得沉重了许多，我想把纸箱子放在地上休息一会儿，可是地上到处是纸屑、塑料袋、积水。我抬头看灰蒙蒙的天，想起往大姐家的路上有一片荒地，曾听大姐说，那里以前是专埋化生子（夭折的婴幼儿或少年儿童）的地方，我又想起鸳鸯山上的那片樟树林。春天来的时候，樟树林里有白色的梅花，有蓝色的鸢尾。我曾和几个同学躲在树林里吸过好多次烟。对，就将孩子埋到樟树林里去。我有了目的地，心里竟轻快了许多。大街上空无一人，似乎所有的街巷都属我和纸箱里的孩子。偶尔响起一阵震耳的鞭炮声，那一定是谁家开始吃团年饭了。不过半小时，我抱着纸箱子来到了樟树林，树林里幽静得只有寒风的"呼呼"声，芭茅和羊齿蕨枯黄得只差一把火，地上有厚厚的樟树腐叶。我发现，樟树虽然是常绿树，其实它常年四季都落叶，特别是春季，一夜春雨便可将一树翠绿的树叶悉数吹落。我选了一个靠近山崖边的空地作为孩子的墓地，又找到半边碗当作锄头挖了一个二尺见方的坑。在放入纸箱填土时，我又犯了难。我不晓得要不要把坟茔堆成尖形。最后，我还是把坟茔填平，又捧了一些腐叶在上面，看起来像没有人动过这块空地。正欲下山时，一只老鸦哗的一声用力拍打着翅膀飞出樟树林，转眼间就在树林外的天空中消失得无影无踪。我回到大姐家，大姐一家正在吃年夜饭，我姐夫看到我回来，忙起身取碗筷给我盛饭。我大姐问这问那，我像聋子一样不答半句，闷声不响脱衣上床，用厚棉被紧紧地裹住自己，可还是冷得厉害，牙齿咬得"磕磕"作响。

过了一年，二姐又生了儿子乔。乔很瘦小，一双眼珠随时像要鼓出来，到了三岁还只会讲简单的几个词语。家里还是一样的穷，几亩责任田勉强够吃饱肚子。可那时人人都是这样过日子，没什么好抱怨的。然而，命运却像猎狗追逐食物一样折磨二姐。乔三岁这一年夏天大旱，二姐夫晚上去偷公家的电抽水抗旱，不想被电打死了。二姐成了寡妇后，越发痴呆了，我的父母看她在婆家已无法生活下去，将她和乔一起接回了千丘田。

二姐回娘家后，性情大变，时常和我娘吵架，边哭边吵，吵得我娘不得安生。我大姐不得已，将二姐接到自己家中。大姐的房子在城西，紧挨酒厂宿舍和福利院。其时，酒厂已倒闭，宿舍楼里住的都是些来路不明的人户，而大姐和大姐夫都已下岗，两口子在天宁市场侧门摆摊做米生意。每天起早贪黑，下乡赶场收购粮食拿到城里零售，为了留住顾客，两口子不得不给顾客送米上门，哪里顾得了二姐。二姐不知怎么在酒厂就认识了一个二流子，后来才晓得是太常乡的，无产无业，四处打流。大姐还没来得及阻止他们交往，二姐就和二流子领了结婚证。大姐晓得二姐又跳到火坑里去了，一面将二姐送回了千丘田，叫我娘好生守着，一面替二姐向太常乡法庭递交了离婚诉状。然而，离婚不是说离就能离得了的。好几次，我晚上陪大姐去太常法庭找人。太常法庭在沅水南岸，我和大姐雇船过江，夜晚的沅江如大海般幽深，如坟墓般渊默。划子轻轻搅起的水声，"哗——""哗——"，格外清脆。虽是风平浪静，但江面上兴起的波纹褶皱深厚，弯弯曲曲的，水中的圆月也被这些褶皱锯成一块一块。

二姐现在的丈夫是一个屠夫。二姐夫和二姐结婚时已有四十岁，初婚，有一个寡母。地里田里的农活，二姐还是不太在行，养猪却是行家里手，年年有两三头大肥猪过年。寡母不喜欢二姐，对二姐挑三拣四。二姐生下女儿萍后，寡母更加嫌弃她，时常毫无由头咒骂二姐。二姐三天两头坐在灶坑边长哭。新年里，我和海生哥专程去了一趟二姐家，跟二姐夫喝了一餐酒，临走时，我给了几百块压岁钱给乔和萍，和颜悦色请二姐夫和他母亲善待二姐。二姐夫和他的寡母自此对二姐客气了许多。有一年，二姐夫上山烧荒种苞谷，引起大火，烧毁了近百亩山林，二姐夫吓得半死，跑到城来里来找我，我专程去了一趟当地乡林业站，将那片山林纳入第二年造林计划。腊月，二姐夫背了一只大母鸡和一块腊肉送到我单位楼下。

此后每年，二姐夫每到过年都会上街来给我家送一块腊肉和一只母鸡。

三月桃花火

　　这天，除去守电话的香草和食堂大师傅三关，全体乡干部都到幸福村搞"计划生育回头看"突击活动去了，从早饭到中午，香草除去上了两趟厕所，就没离开过办公室一步。乡政府安静得只有香椿树在阳光下唰唰往上拔节的声音。

　　坳坪乡政府背靠绵延起伏的大山，山上除去菜园边不多的杉树，就是大片的枞树和七七八八的杂树，坳坪村的老百姓在山脚开辟出好些豆腐块一般的菜地，种萝卜、白菜、红薯、大豆。彼时正是草长莺飞的仲春，种什么长什么。坳坪村的颜老伯挑了一担猪屎粪穿过乡政府的坪场，他挑得太满了，又想快点儿穿过坪场，箢箕里的猪屎粪偏偏跟他唱反调，时不时掉一两坨下来，三关午睡起来关了食堂大门正准备出去，返过身看到颜老伯挑着的猪屎粪像是一头猪在边走路边拉屎，尖起他的公鸭嗓子吼道：你个老不死的，你对毛主席不忠，也不能对乡政府不忠，猪肉没看到你送一块到乡政府来，猪屎粪倒是一担一担往乡政府挑。颜老伯是个五保户，脾气犟得跟牛似的，本来，他心里还有一丝儿歉意，三关这一吼，他干脆双膝一弯，把肩上的扁担放下来，伸直脖子喘着粗气道：你这个忤逆子，苞谷屎还没屙干净，你就忘了本。三关是本乡人，也姓颜，按辈分，三关应叫颜老伯叔公。三关走到颜老伯身边，摸出一包红豆烟来，给颜老伯递了一支，又替他点了火，叔侄俩聊了几句，三关急着要去赌牌，边说边往坪场口走。颜老伯叼着烟，挑起猪屎粪去了乡政府后山的菜地。

颜老伯的菜地在最上面，有一道丈许高的坎，坎上面的芭茅草和灌木丛茂密枯黄，芭茅草的脚根处已发出纤细嫩绿的新芽。坎上面就是杉树林了，那些杉树还不过碗口粗，要长成寿材，没有十年八年不成。颜老伯自从开了这片菜园后，便看上了这些杉林，认为这些杉树是做寿材（即棺木）的好材料。这块菜地年年种的是红薯，听村长讲，去年苞谷的价格比前年长了好多，颜老伯今年准备种苞谷。颜老伯把猪屎粪匀称地撒在地里。仲春的太阳要么不出来，一出来就无故地晒人，颜老伯额头上出了毛毛汗，他脱了卫衣。这还是乡政府发给他的救济衣，十多年了，被他穿得又薄又白，衣领和下摆有好几处破烂了，过年来他好几次路过民政所，都想问问民政所老张县里有没有救济卫衣发下来，但总是不凑巧，不是老张不在，就是老张办公室人来人往，他不好意思开口。撒完猪屎粪，颜老伯感觉腰酸背痛。这两分地，收成好的话，怕有一担苞谷籽呢。咱也不能光靠政府是不？再说，政府也有靠不住的时候。这世界，还是要靠自己。颜老伯心想，还要把地重挖一次，把猪屎粪捂到土里去。又挖了近半个小时，颜老伯的烟瘾来了，他边自言自语道好事不在忙中，一边拾起丢在芭茅草上的外衣，旱烟在外衣口袋里，他提着外衣走到西边的枞树下，从口袋里摸出草烟袋和火柴，把外衣挂在枞树杈上，靠着枞树慢慢吸烟。一只长尾鸟从树林里飞出来，像是羞于见人，转眼又飞到林子里去了。颜老伯对着长尾鸟道，你又不是竹鸡、斑鸡，没人想吃你。颜老伯休息了一会儿，狠狠地吸了最后一口烟，将烟屁股往芭茅丛中一丢，回到地里继续挖地。太阳比先前更加毒了，但起了一丝丝风，让颜老伯感觉很舒服，他要趁着这好太阳把地整出来，明天把苞谷种撒下去。挖锄有些打滑，颜老伯往掌心里吐了一口口水，埋头挖地。

可是，在他的身后，他丢掉的烟蒂，经风一吹，点燃了干枯的芭茅草。芭茅草呼呼地燃着，地上厚厚的枯叶经过几个大太阳的暴晒后，火舌轻轻一卷，就"扑"地燃起来了，像个幽灵，一声不响点燃灌木丛，越过高坎，向杉树林发起了进攻。虽然已是仲春，但山林里的灌木丛都还是枯黄的，是半湿半干的柴火，火幽灵在东风的串通下，迅速地扩大它的势力范围，将战线拉宽拉长，开始还只是斗盘大，这会儿已有一块簟子大，不久，它跃进了杉树林，杉树枝燃烧起来"哔哔剥剥"地响，像放鞭炮一样。颜老伯听到了，返过身来一看，啊呀，不得了，起火了！颜老伯丢下锄头就往坎上爬。

最旺的一处火势已烧到了杉树林树巅上，颜老伯赶到大火边，用脚奋力去踩，然而，根本就不济事，颜老伯左看右看，看到一棵手指粗半人高的樟树，他双手死命一折，樟树断了，颜老伯举起樟树枝全力扑打火苗，一片火势压下去了，颜老伯又转过身扑打另一片火势。可是，火势太大了，他身后的火苗就是个邪魔，不知什么时候蹿到了颜老伯的裤脚上，颜老伯的心思全在扑火上，他一点也没有觉察到自己的危险，他只晓得他要是烧了村里这片山林，他的麻烦就大了。村坊的溪堤上用石灰写着斗大的标语，连文盲都认得：放火烧山，牢底坐穿。颜老伯可不想把自己的余生放进牢里去，他奋力地扑火，扑火……

颜老伯发现自己身上着火时，火苗已蹿上他的裤脚，他的屁股，他的后背，他的头发……颜老伯想要逃离，可浓烟熏得他睁不开双眼，辨不清方向，他四周的火势越来越凶猛……

颜老伯成为一个火人。

这一天全体乡干部在幸福村下队，我和同事们得到消息时，火势已蔓延到一公里以外的大园村与坳坪村的交界处了。张乡长一边咒娘骂老子，一边带着我们往乡政府赶。大家都知道："三月桃花火，燃过洞庭湖。"春秋两季，山民们烧田埂、烧清明纸、烧稻草、烧苞谷秆，总有人会走火，引发山林火灾，有时候，会烧掉几百上千亩山林。年年有乡镇被县里通报，没想到这一次轮到了坳坪乡。

乡政府没有车，村主任临急叫来了一辆手扶拖拉机。我们坐了手扶拖拉机往乡政府赶，手扶拖拉机"突突"地响得欢，可却像个哮喘病人，一个短短的小坡，半天也没有爬上去，对面山顶上太阳一动不动，憋红了脸想为我们的车子攒把劲。我默默祈盼太阳慢一点儿落山，天一黑，山火就更难控制，救火的人就更危险。

我们抵达乡政府的时候，坳坪村的村干部已将颜老伯的尸体运回村里了。三关说，颜老伯烧得已看不清原型，尸体看起来像炭化了一只狗。我顾不得听细节，三步两步冲进屋里，慌手慌脚找出坳坪村的林业用地平面图，大略地看了一下，然后跑了出来，告诉张乡长必须赶在天黑以前上山，把隔离带砍出来。张乡长一面吩咐香草通知坳坪村和大园村所有的村民上山扑火，一面取了柴刀带着大家上了山。临走的时候，香草给每人发了一把手电筒。

天迅速地黑下来，站在乡政府的后山上，只看到远处的山岭上火光冲天，烧红了半边天。被夜笼罩起来的乡政府越发地安静。山后面偶尔有猫头鹰凄厉的啼叫。溪对面的颜家，传来女子悲凄的长嚎声。

大元和坳坪村的劳力都上了山，大家合力砍了隔离带，扑灭山火。我们回到乡政府已是第二天早上。

隔天，香草接到县政府电话通知：经县政府研究决定在沅陵宾馆召开全县春季预防森林火灾会议，请主要负责人参加会议。

张乡长看着会议通知，对着记录本骂了声"操"。

蝴 蝶 记

　　我和香草结婚的第二年春天，香草突然被调到竹园乡政府。后来，我才晓得，坳坪乡拖过板车杀过猪当过兵的乡长容不得香草一天到晚如苍蝇一样缠着我，他觉得小两口卿卿我我是件羞耻的事，男人就该有个男人的样子。藤缠树，树就成不了材。他如土匪头子一样，带着乡干部下村收农业税搞计划生育，三天三夜不归屋。香草满腹委屈去了竹园上班。我倒无所谓，没觉得中间只隔着一个大元村的竹园乡有多远（从坳坪乡沿荔溪逆水上行十里为竹园乡），乡干部平日下队，哪天不走十里二十里呢？我下队回到乡政府，乡长摆起桌子扯开嗓门招兵买马准备打牌的时候，我迈开双腿往竹园赶。沿溪的乡村公路是群山的裤腰带，在山的皱褶里峰回路转。沿路时常可遇上从田里山上放工的山民，或扛着犁锄，或背着柴禾，或赶着水牛，他们慢悠悠地走着，一点也不担心夕阳落山，我倒像是去赴一场约会，步履匆匆，与他们对望一眼，又赶紧不好意思地扭过头去，假装看青翠禾苗，如薰山峦，看村庄升起的袅袅炊烟。不一会儿，再悄悄回过头去，被我远远甩在后面的人儿仍然走得不急不缓，好像天黑不黑与他们没有半点干系。一进入竹园乡地界，夹岸的植被猛地变得厚重茂密，丛林的气息扑面而来，即便太阳高挂，溪谷仍然阴浸幽暗，仰首望天，视角全被重重叠叠的山峦挡住，只觉得山与天隔得那样近，不用天梯，立于山巅，纵身一跃，便可扯下那轮夕阳。

竹园与坳坪虽只十里之遥，但已是沅陵与溆浦交界之地，高山障目，山阔人稀，村寨全都分布在大山深处，远的村寨与乡政府相隔七八十华里。当然，越是边远的村落，交通越不便利，林木蓄积愈多。老百姓靠山吃山，日子相比坳坪要富裕。竹园乡政府建在山腰上，一反乡村木屋吊脚楼的格局，红砖红瓦，透着现代建筑气息。几栋楼房随着山势一层一层往上堆，"之"字形的走廊，菱形花坛，其布局排场皆是一个像模像样的乡政府。食堂伙食比坳坪高了一个档次。每餐有一蔬一咸两个菜，干鱼儿炒辣椒或是豆豉炒辣椒是常见的咸菜。一天到晚都供应热水。厨师肥头大耳像个厨师的样子。干部人数跟坳坪乡差不多，但女干部却有六个：财政所会计、司法所长、广播员、计生办医生个个气质大方，举手投足充满自信，乡政府也因了她们而显得鲜活热闹。新单位、新面孔、新山水，香草没有半分拘束，工作亦无压力，似马放南山，隐入深山老林里过起闲居生活。不过，竹园的高山远村也常常让香草叫苦不迭，有一次，香草去洞底村搞计划生育，山高路远，竟然把香草走哭了。

我和香草时常去竹园乡政府右侧的简易公路上散步。公路一边是山，一边是几十丈高的山崖，崖下有小溪，小溪过去是一片狭长的水田以及屏风一样的大山。由于山峦实在是太高大了，隔田隔溪的公路一年四季躲在山峦的阴影下。山崖上长满杜鹃，艳艳的一大片，开得如断了魂一般，白色的，紫红的，粉红的，像村姑，透着野性，更像爱情，浓烈得疯狂。我和香草兀自天天去看它们，看到荼蘼。我们在山路上，也并不一味地散步。公路边长满乔木灌木丛，我发挥专业特长，教香草认路边植物。我认得路边所有的树木，叫得出它们的名字。这叫什么，那叫什么。香草一一记下，隔天，我们又去同一条山路上散步，我便考香草，香草说对一个，我背香草走十米，说错了，香草则必须在我脸上亲一口。香草说不出树木的名字的时候便要赖，不肯亲我，飞身就逃，我追上去，在香草脸上一顿乱啄，如啃苞谷一样，啃得香草满脸都是口水。香草笑着跑开，满山谷都是我们的笑声。

到了盛夏，我们两口子到崖下小溪里洗澡，溪水清澈得照得出高大山峦及蓝天的影子，外面气温已到了三十多度，溪水却清凉得有些蚀骨。我们寻得一处岸边多树木灌木，溪水齐腹如一个天然浴池的水潭，里面的人看得到外面的世界，外面的人看不到里面的动静。我们第一次去水潭边时，金樱子花开得正盛，蜜蜂嗡嗡的声音和长尾鸟清脆的长鸣声使得溪谷愈发清幽。一群白蝴蝶正于浅滩边翻飞，它们一起朝着一个方向，蹁跹迂回，飞了一会儿之后，停在沙滩上，围成了一个圆圈，拍打着双翅，抖动着触须。它们一定有自己交流的语言和信号——人类不能破解的密码。一会儿，它们又一起飞起来，在溪面上上下翻飞，然后，又在上次停留过的沙滩围成一个圈。我们俩看得呆了，远远站着，生怕惊跑了它们。白蝴蝶们也发现了贸然撞入者，一阵散乱的飞舞后，又回归原来的阵式——朝着一个方向上下飞舞、停在沙滩，围成一个圈，拍打双翅，抖动触须。如此反复。我们亦放松下来，坐于潭边欣赏这些大自然的精灵，看阳光在山崖上滋润万物，任时间随溪水流淌，尘世的沧桑喧嚣在我们身后自动闭合，我们同这些生灵一起沉浸在清丽烂漫的世界里，化为大自然的一部分，同自然一起进化，在潭里游泳、嬉戏，如两尾自在而快活的鱼……

雪峰山脉的遗产

我和香草想买些木材做套组合家具，颜姐于是带我们去了一趟桥头村（颜姐的婆家在桥头村）。同去的还有财政所会计冬莲。桥头村匍匐于九龙山脚下，距竹园乡政府有六七十里。

要了解九龙山的地质地貌，还得先从雪峰山脉说起。

不晓得是宇宙洪荒的哪一次波动有了雪峰山脉，并形成了这么一个独特的地理单元——呈东北西南方向斜卧于湖南境内（南起湘桂边境的大南山，尾翼倾伏于洞庭湖区），峻拔巍险，绵延350千米，如一道屏障，孤绝地切断中原前往大西南的去路，形成一道天险。抗日战争时期，日本侵略者为了威胁重庆，企图攻下芷江，国军利用雪峰山有利地形，将日军围剿于溆浦龙潭。"雪峰近仙界，天生六月寒。"据说，这就是雪峰山得名的原因。不过，这个称谓也是近三百年的事，之前，雪峰山的称谓尚有重要的源流和变迁。《宋史·梅山峒》载："梅山峒蛮其地千里，旧不与中国通。其地东接潭（潭州，今长沙），南接邵（邵州，今邵阳），其西则辰（辰州，今怀化沅陵），其北则鼎（今之常德）。"这里的梅山即是雪峰山的前身。又有各类考究称楚山、会稽山乃至昆仑山皆为雪峰山的古老称谓。且不管这些考究是否属实，雪峰山脉的卓越，不仅在于它的旷远的历史渊源，更在于它特立独行的地理地貌，它既有山峦独特的丹霞地貌（如崀山），又有四季山花烂漫、瓜果飘香的丘陵地带，还有青草没膝适合牛羊生长的山地草场。千百年来，雪峰山脉发育良好的森林群落，丰盈的生物资源，如上帝一般，供养这片区域的世代子民。雪峰山脉土质肥沃，尤其适合杉树和松树的生长。曾经胸径数尺数米的杉树和松树，纵横几百里，是雪峰山脉取之不尽的财产，更是湘西山民赖以存活的依靠。其时，竹园乡人口不过七千，却拥有122.4平方千米的山林面积。

海拔1214.2米的九龙山是雪峰山脉自溆浦进入沅陵境内后的第一座高山，它以一副一夫当关万夫莫开的架势，把住竹园乡的西大门。当然，九龙山不只是属于竹园乡，它的东面是筲箕湾镇，西边是竹园乡，而南边则是辰溪和溆浦两县的地界了。在过去的二三十年岁月里，沅陵和辰溪两县曾为山界的事不晓得扯了多少的皮，官司一直打到省里。雪峰山脉在竹园乡境域莽莽苍苍蜿蜒而上，至中间地段有寨里举山，海拔也在1000米以上，而海拔1232米的羊皮帽山则屹立于竹园乡与凉水井镇交界处。

大家吃了早饭就出发，搭了一截约十里路的便车后，便再无简易公路，我们四人沿溪挺进。竹园有两条溪，一条小溪，一条大溪，所有村庄也都坐落在这两条溪域上。大溪就是通往桥头村的这条溪，发源于九龙山。溪流清浅，溪涧狭窄荫翳，宽不过一二丈，夹岸杂树繁茂，不时将溪涧盖得严严实实，不见流水，但闻水声潺潺。溪谷幽深，日月照拂无力，植被便不受时令的管制，格外葱郁逼人，各类山花亦开谢无序，女贞子、杜鹃以及各色刺莓清丽纷繁，空气里弥漫着三叶草、九指兰的馨香。抬头看山，山巍峨得让人望断项背。山与天的距离倒不远，就在山巅的上面，可仰首扪天。而上山的路天梯一般，想要找个平缓的歇脚处都没有。满山满眼的绿，嫩绿、翠绿、墨绿、葱绿，铺天盖地而来。我后来多次穿越于雪峰山脉的山岭间。九龙山、洪山界、圣人山、王尖、苦菜界五大支脉，一路浩浩渺渺牵云携水过竹园、马底驿、杜家坪、官庄，百多座山峰把沅陵境内沅水以南的疆域切割得山峦重叠，溪河纵横，跌宕蜿蜒；雪峰山脉进入五强溪后，渐成强弩之末，地势逐显丘陵地貌，在它一头扎进洞庭湖平原的怀抱前，将其丰厚的财富悉数留在沅陵地界内。

沿路尽管满山苍翠，丛林浓郁，但很少看到围径两尺以上的树木。《沅陵林业志》记载，1958年县里提出"钢铁是第一元帅，木材是第二元帅"的口号，大炼钢铁，大办伐木场，"十万大军"上山砍树烧炭。竹园乡砍伐了无以计数的林木。据说，烧炭结束后，竹园剩下大量木材，老百姓十年都不用上山砍柴，而更多的树木则是腐烂于山中。随后的二三十年，县里每年分给竹园乡的木材指标仍有两三千立方米。年年都有外地人来包山烧炭。这种包山俗称"剃光头""扫山卖绝"，山上树木灌木一根不留。经年的只砍不造，竹园乡的山林越来越空。不过，湘西的山林就是这样子的障人耳目，厚实而苍翠的山峦生长着的不过是茅草、灌木丛，就像一个绣花枕头，包裹着的是荒蛮、贫穷、闭塞、落后，可这青山绿水就媚惑了初来乍到的人，为它神魂颠倒，认定这是好山好水好地方。香草从坳坪调往竹园乡，同事们说她从糠箩跳进了米桶。然而，谁都知道，米桶里的米已所剩无几，糠箩跟米桶又有多少区别。

香草生平第一次走这么远的路，不久就感觉腿酸脚痛，心生后悔。我一路给她鼓劲，引她看峡谷风景，可走到后来，她几乎要哭出来。至中午，抵达芦洞村，遇村会计，至其家中小憩。村会计好客，即刻给我们张罗午饭。主人的厨艺看不出什么过人之处，原材料是一块像黑炭一样的腊肉，几根才从山里挖回来的春笋，一把干辣椒，三根大蒜苗。然而那一大锅春笋炖腊肉却有说不出的好吃，三指宽一指厚的腊肥肉，轻轻一咬，满嘴流油，却油而不腻。我吃一块又吃一块。都说酒能醉人，我觉得那腊肉也是醉人的，吃得我两腮绯红，感觉自己真是醉了，然而，肥腊肉却半点不伤胃，春笋的斋素化解了腊肉的油腻，两道纯天然的食材合在一起，将我们的胃安抚得服服帖帖。香草如小猪儿一样边吃边哼唧着"好吃""好吃"。我们几个人毫不费力解决了那一大锅菜肴。吃了三大碗饭的香草，体力一旦恢复，先前的沮丧也跟着一扫而空。我们四人重新上路。两位姐姐都是女汉子，一路上有说有笑，讲到家长里短也出言不逊，粗话痞话全从口里蹦出来。我和香草新婚不久，听着两个姐姐把生活的琐碎和烦恼如竹筒倒豆子一般哔哔剥剥一股脑儿倒出来，我们仿佛从不食人间烟火的梦境里突然惊醒，暗暗感叹世俗生活竟是这般酸苦相渗、笑泪相和的呀。越往深山里走，山林越发郁闭，围径二尺的杉树松树也随处可见了。薄暮时分，我们爬上了九龙山。

　　立于山顶，远眺绵延无际的雪峰山脉，我看不到它的来路与去路。瞿姐说，天色好的日子，站在九龙山顶上，向东可看到辰溪县城，向西可看到溆浦县城，向北可看到沅陵县城。其实，九龙山之所以称为九龙山，倒不是因为曾有九龙蛰伏于此，而是因为，立于九龙山顶可看到九条山脉连绵蜿蜒其间，似九条巨龙在云端游走戏耍。彼时，我看到九龙山上云海滔滔，穹顶不过如一个有点儿大的斗笠戴于我们的头上。云海涌过来，我们已不是站在山之巅，而是立于云之上。厚实的云海堆砌于脚下，于眼前，于天际，一波一波覆盖着山峦，覆盖着天地，偶尔，一粒山峰不小心冒出云海，尚未看得真切，另一波云海又将其淹没了，"疑似白波涨东海"描写的应该就是这样的景致了。九龙山上有九龙寺，曾是僧家圣地，业已破败。传说清康熙三十八年，有峨眉山弟子修行至此，日日念经敲木鱼，三县知府道台感念不已，捐建九龙寺。我听着广播员瞿姐如数家珍般讲述九龙山的历史典故，心潮如滔，默然无语。一阵风吹来，树梢哗哗，涌起层层绿浪，而远处山峦，在阳光下巍峨静默。

　　瞿姐的婆家在一片原始森林里。森林里的树木，全都是一人合抱不过来的大树，有一些树木，树干铁灰、光滑、挺拔，两三丈内无旁枝。每一株大树都直冲云霄，把天空遮蔽得严严实实。香草第一次见识，惊奇得合不拢嘴，连连惊呼，抱抱这棵，又抱抱那棵。树林里的农舍也是那般老旧，门窗壁板都呈铁灰色，跟那些大树一样，怕是有几十上百年的历史了。数年后，我和香草去云南香格里拉碧塔海，看到垂挂满树的松萝、侏罗纪时代的苍绿植被，后来又去雅鲁藏布江大峡谷，看到两岸森林繁复葱郁，落叶林和常绿林彼此混居却又泾渭分明。碧塔海和雅鲁藏布江大峡谷的原始森林算得上原汁原味，但因为有了公路、游道、游人等等现代文明的介入，其原始况味便大打折扣，而桥头这一片原始森林给人一种进入人类始祖最初生活地的感觉。森林是家园，树木是房屋，树叶是衣饰，鸟兽与人类同栖同宿，互为友敌。在我的心里，这才是人类最初的家园，也才是人类与自然最和谐融洽的场景。我一直弄不懂是什么让人类走出了森林，有人说是为了追求文明。我并不觉得森林和文明是一对冲突体，人类依赖森林，就如人类依赖空气和水一样，可是，我们却毁弃了森林。检视偌大地球的沧桑，从梭罗笔下的瓦尔登湖，到海恩斯倾其一生守护的阿拉斯加，都不得不承受利箭一样的现代文明的侵蚀，不得不面临人类社会的消耗和损伤。这到底错在现代文明，还是错在人类？瞿姐请她公爹带我和香草去她家的责任山上看树，说香草看上哪一株就砍哪一株。香草哪里又识得树木材质的好坏，由着瞿姐的公爹做主，随了自己与这些树木缘分的深浅，或与她目光交错而过，或做了我家的嫁床高柜，陪伴我们的水木年华，见证我们的蹉跎岁月。

能饮一杯无

　　我和十来个同事及村干部围着火塘或蹲或坐，各人面前一只大碗里倒满米酒。坳坪人喝酒，跟《水浒传》的英雄一样用大碗。当然，这并不是说坳坪人是水浒英雄后代，而是坳坪没有大碗小碗之分，更没有所谓的酒杯，只有菜碗，喝酒用哪只碗，喝完酒吃饭还是哪只碗，讲究一点的，盛饭前倒点开水涮一涮，免得米饭里尽是酒味，懒得起身的，夹一片菜叶在酒碗里荡几下，算是洗了碗。我从小就有胃溃疡，最不经饿，早上在食堂吃的酸菜饭早就消化了，下午两三点的时候，肚子就开始"咕咕"造反，还兼带隐隐作痛，但我却又是最能忍耐的人，再饿再痛也不讲半句，更何况，这一天的工作格外地不顺，十来个乡干部加上四五个村干部，收到的农业税还不到十户，实物和现金加起来还不到一千元。大家都愁眉苦脸的，乡村干部这样，村民们也这样。不善言辞的我更只有忍耐、忍耐，跟在同事们的屁股后面，让时间一点一点地挨过三点、四点、五点，终于挨到吃饭的时间。

　　我背光而坐，火塘里红通通的炭火映得同事们的脸亮堂堂的。饿过头的我，或许是水喝得过多的缘故，这时反而觉得肚子有饱胀的感觉。看着面前地板上放的一大碗米酒，心里有按捺不住的兴奋。不过，我极力地掩饰着，笑眯眯地看着火塘边的人你一言我一语相互打趣。村长终于端起碗，说了声：来，来，吃起来。大家也举碗将酒送进了喉咙，有人咂巴了一下嘴巴，有人长长吐了一口气，那个难受的样子，似乎喝下去的不是酒而是苦药。有部电影里的台词说得好，酒的好喝就在于它很难喝。火塘上大铁锅里的炖菜"咕噜咕噜"响得欢。其实，也并没有山珍海味，不过一大锅白萝卜炖白肉，另有半铁桶白菜放在村长的脚边。在坳坪，这算不错的生活了。大家都很满足。半碗酒下肚，这一天工作上所有的不顺和烦郁也都烟消云散了。慢慢地，有人兴致高起来，敬村长，敬乡长，一口气将一碗酒倒进肚子里，像喝凉水一样。碗才放下来，即刻有人又将碗添满了。有人说，湘西的酒文化如湘西的苞谷烧一样，甘烈淳厚。我觉得所谓的湘西酒文化就是喝多了自己难受，喝少了朋友难受，故而做死地劝别人喝酒。我天生腼腆，不好意思给别人敬酒，但大家都晓得我的酒量，反过来敬我。我常常想，我之能喝酒应该要归功于爹娘的遗传。我的爹、娘都是喝酒的人，我的爹就别说了，无酒不成餐。我娘酒瘾也特别大，几天不喝酒，她就浑身不舒服，见谁骂谁。家里粮食不够吃是一回事，酒是不能少的。我体内的乙醛脱氢酶活性高，就如我中学时擅长的化学课，什么样的化学方程式，我都能将它配平。乙醇到了我体内，很快就氧化成乙酸。我喜欢酒的味道，似辣似甜，似烈火似清泉，似刚烈似绵软，激起我体内潜伏着的荷尔蒙给我带来快感。所以，我喝酒不来半点弯子，说一口干就一口干，从不拖泥带水。

这天晚上的酒，因为村长一而再，再而三地劝，喝出了几个小高潮。期间，酒量差一点的，竖了白旗，端了饭碗走出了屋子。火塘边只剩五六个人了。财政所会计军财要和我拼酒，他说，你一口干，明天二组的农业税我一个人全包了。我最怕走家串户收农业税，倒不是怕苦怕累，是看不得那些一个比一个穷的山民，也实在是开不了口向他们要钱要粮。我二话不说将酒干了。米酒的度数不高，但绵性长，后劲足，特别是胡子酒（老了的糯米甜酒），甜甜的，十分上口，喝饮料一样，三碗五碗喝下去，没有人会"现场直播"。现场人人都是英雄。我在坳坪两年，是火塘边没有败绩的酒英雄。

这天，我不晓得自己喝了几菜碗。乡长将烟屁股丢进火塘站起身来说打道回府的时候，我看到村长身边的一个十五斤的塑料酒壶空空如也。从棕湾村到乡政府，不过半个小时的路程，酒足饭饱的乡干部们挽着夕阳的余晖，沿着潺潺的荔溪迈开大步。我不声不响走在队伍中间。我愿意去苗子地里一天不起身地嫁接板栗苗，愿意去翻山越岭做林业规划，愿意去陪山民上山栽树。我不喜欢收农业税，不喜欢搞计划生育工作，不喜欢硬起心肠无止境地和村民们磨嘴皮子，但我喜欢像今天这样喝酒，喜欢同大家一起在霞晖满天中走在回家的路上。

在企业办大门口，林管站瞿站长对我说，大元村有几十株柚子树，明天请你去嫁接。我满口答应下来。想着又可以躲脱一次下村收税费，我像偷得油吃的小老鼠高兴得直蹦跶。回宿舍取了嫁接刀，心想，今晚去竹园乡，明天回来时顺道去大元村。我一口气从坳坪走到大元村只花了二十五分钟。正是晚饭的时间，好些人端了碗或坐在门槛上，或立于坪场上。几个小孩子吃饭也不安生，一边吃饭一边在马路上追打。坳坪乡的猪和鸡都是没有窝的。猪趴在柚子树或是李子树下，可能是才吃食的缘故，卧在树底下舒服地哼唧着，而鸡们则已飞到了树上，各自寻了一个枝杈，一声不响，像是树上结出来了许多鸡。各类牲畜粪便的臭味充斥在空气中，但坳坪人习惯了这种气味，不觉得臭，似乎这原本就是空气的组成部分。一个挑水的老汉迎面而来，不晓得是水桶漏还是装得太满的缘故，花洒一样，在马路上留下一路水印。我不由得想要小便。酒也是水，从棕湾走到大元已变成尿了。我走出村子，在转弯处撒了一泡长长的尿。撒了尿，我像卸下一个大包袱一样，浑身舒服，步子也轻盈了许多。不过，没走多远，我就来瞌睡了，双眼皮直打架，一路上看不到一个人影。天色迅速暗了下来。我记起上一次在烂泥村嫁接柚子苗，晚餐在村支书家里喝得一肚子酒，出来小便后在屋后的枞树林里一觉睡到天亮，村支书还以为我连夜摸黑回乡政府了。心想，千万不能睡，睡着了就要在这山沟里过夜了。我一边把玩着嫁接刀，一边念念有词道，不能睡，不能睡，不能睡……

当我打着赤膊走到竹园乡政府大院的时候，香草正在操场里逗冬莲的孩子玩。冬莲看着走过来的我，突然惊叫起来："血，血，你胸口在流血！"

操场里乘凉的人都沿着冬莲的惊叫声看过来，我的胸口正有细细的血水蚯蚓一样爬往我的肚脐方向，然后消失在我的裤腰里。我一边低头看自己的胸口，一边喃喃道："什么时候流血了？我怎么不晓得？"香草走过来，看到我手里有一把嫁接刀，心里明白了八九分：一定是我一边走路，一边乘着酒兴玩嫁接刀，不小心划伤了自己。香草陪我去卫生室做了简单的处理。到了晚上十一点多钟，酒精开始在我体内发威，我躺在床上直叫心里难受。香草和我结婚后，屡次听同事们讲，我喝酒厉害，但不晓得我到底有多厉害，更不晓得我一次能够喝多少。这是香草第一次看我醉酒，吓坏了，不晓得要如何对付，她怕我死掉，不时用手摸我的头，问我哪里不舒服，要不要喝水。我说，我想吃罐头。香草拿起手电筒往外走，走到走廊，却又不敢下楼了——外面黑黢黢的，伸手不见五指。香草胆子小，平日都不敢独自起床上厕所。去商店，要穿过政府大院，下一个坡，再穿过一个两边满是木屋的小巷子，在巷子的出口才有一家小卖部。香草又回到房里，我仍在床上哼着，看着我那难受的样子，香草房里房外徘徊了几次，最终把心一横，口里念着"不怕不怕不怕……"下楼。农村人睡得早，巷子里没有一家亮着灯，周遭漆黑一片，白日里堆放在各家屋檐下的木柴、腰食盆、背篓、风车都像蛰伏着的恶鬼，奇形怪状，或卧或立，张牙舞爪，让香草汗毛倒竖。白日里一看香草就摇尾巴的狗，在这半夜三更，倒把香草当成了贼，作死地狂吠，那架势那声音像是立马会冲出来，一口要把香草生吞活剥了。商店老板早睡了，香草隔着窗户喊了半天，解释了半天，他才终于起来拉亮昏黄的电灯。香草买了两个罐头飞奔回家，用我的嫁接刀启开罐头，一块一块喂给我吃了，我边吃边哼，心里还是很难受。香草蜷缩在床角迷糊入睡，不久，我说要喝水，香草又起来给我倒水，如此反复，不得消停。到了下半夜，我说心里烧得难受，要喝冰水。可是，家里冰箱都没有，哪里来的冰水？商店倒是有卖，但已是下半夜了，香草哪敢下楼。香草只能哄着我，由着我哼唧。待天蒙蒙亮时，香草又趿拉着拖鞋跑去买冰水。商店老板老大不高兴，说香草害他一夜未睡好。香草一脸尴尬连声道歉。我喝了冰水清醒了许多，看到香草披头散发像女鬼一样倒在床头睡着了。

第二辑 —————— DIER JI

　　传说，这片马褂木林曾是天庭的天兵天将，不耐天帝的专制，遁入山林，化身为木，然而，每到秋天，树叶金黄，如一件件金马褂，将他们的皇族身份暴露无遗。

从糠箩跳到米桶

两年后，我充实基层的时间到了，我有两种选择，一是回林业局上班；二是留下来，成为正式的乡镇干部。大部分同我一起充实基层的人都选择留下来，因为，留下来的人紧接着就可以进入乡镇领导班子。我毫不犹豫地选择了回林业局。接到通知的第三天，我去了林业局，分管人事的张副局长对我说："你回来，我们自然欢迎。但现在局机关已人满为患，你只能去区乡林管站。至于去哪个林管站，局里尊重你的意见。"我听后，一股怒火直往外冒，一言不发出了张副局长办公室门，转身去找局长。局长还是当年开欢送会的那个局长，也还是一如既往地忙，他的办公室里有客人正跟他谈工作，外面走廊上还有人等着接见。我不管三七二十一走了进去，习惯性地给局长打了一支烟。正要说话，局长先开了口："你不找我，我也准备找你的。你看，我现在正有事，你先去其他办公室坐一坐，下午再来，好不。"听了局长的话，我的气消了一半，一边点头，一边退出了局长办公室。局长的办公室靠走廊最里面，我侧头看到每间办公室都放了三四张桌子，每间办公室被档案柜、开水器、藤椅塞得满满的，坐在里面办公的面孔多数都是陌生的。我又到三楼四楼转了一圈，在林政股和营林股坐了一会儿，和几个熟人聊天吸烟喝茶。从老同事们的口中，我才晓得这几年林业局进了好几十个人。先是木材公司改制后有一部分员工进入了林业局，然后林业系统的临时工转为林业局正式职工，又有小部分人进了林业局，另外，过去的两年林业局分来了大批大中专毕业生，局机关如一只突然吹胀的气球，从四五十人的队伍一下子扩大到一百多人。板栗基地指挥部仍旧设在鸳鸯桥下，但我的办公桌已被两个新来的大学生占领。我的心冷到极点，不晓得如何是好。中午，营林股请我到食堂吃中饭，我喝得酩酊大醉。不过，下午上班后，我还是记得去局长办公室，至于局长说了些什么，我全没有听进去。酒精在我的体内燃烧，我努力地支撑起昏昏欲睡的脑袋，一根接一根地吸烟，麻痹而又清醒自己的灵魂。在局长面前，我能说什么？又会说什么？局长的话全是对牛弹琴。

　　我返回坳坪乡的第二天，香草突然接到去官庄区荔枝溪乡政府上班的调令。香草当然不是能够无缘无故调动的，一年前，香草的小姑姑去坳坪看望香草，她姑姑被坳坪的偏僻贫穷吓倒了，计划着把香草调出来。香草以为姑姑也只是随便一说，心里并不对调动的事抱希望，况且，香草此时已适应竹园乡的生活，也并不觉得有多苦。但林业局的老同事都劝我，既然不想留在乡政府，又不能回局机关，同老婆一起去官庄是最好的选择。彼时的官庄区，在乡镇干部的心里是个梦寐以求的好地方。地方富裕，有319国道，交通便利，跟常德桃源交界，有湘西金矿，木材蓄积量占全县三分之一。传说官庄明里暗里开了无数的金洞子，有许多乡干部入股投资。有一个叫"沈家垭"的地方，挖出了富矿，村民们一夜暴富，人人分得二三十万，连嫁出去的女儿也有份。在外人的眼里，官庄人人都是金老板，个个都是有钱人，和麻溪铺相比，真是一个天上，一个地下。可是，我离开坳坪的那一天，内心无故地心慌，未有对新单位的半分兴奋和热情。多年以后，回想起来，恍然了悟当年如何有那样的心境。人其实都是自己命运的女巫，未来逃不脱的逆旅，在某个临界点上，总会有一些先行的预兆让你感知，令你坐卧不安。果然，当我拿着调令到官庄区林管站报到，官庄区林管站站长向明洪并不买局里的账，将我打发去了荔枝溪乡林业站，虽然和香草一起，但我却只想骂娘。

其时，香草尽管已工作三年，但身上的那股子书呆子味未减半分，天性天真痴愚，而官庄人远比麻溪铺人精明、灵泛，香草很不适应新环境，苦不堪言，对调到新单位后悔不迭。上班不久，她便感觉同事们并不如何待见她。香草后来才晓得，原来，我不杀伯仁，伯仁因我而亡，自己无意间夺了同事邓的饭碗。邓被重新安排到单位食堂做炊事员。其时，他还只十七八岁。邓和他母亲对香草倒没有过半句怨言，但许多同事却为邓抱不平，对香草敬而远之，认为香草做人做事太不厚道。一次，香草在走廊上一边晒太阳，一边和财政所的临时代征员邓芳聊天。一楼的张主任在楼下大声问："芳，你和谁在聊天呢。"邓芳道："我还能和谁聊天啊，跟香草聊天呗。"楼下的张主任听出了邓芳口气里对香草的藐视，嘎嘎干笑道，你这家伙。香草听后埋头读书，不再和邓芳说一句话。

乡政府有两栋二层楼楼房，一栋知青楼，砖木结构，木质楼板，踩上去咚咚作响，像是要一脚踩塌。这栋楼一楼全住着带家属的干部，二楼住的是单身汉。另一栋是二层楼的水泥平顶房，办公室、图书室、派出所、民政所都放在一楼，二楼除去一间会议室，其他套间住的大多是乡领导。这栋楼一前一后有两个长长的走廊，前走廊面对篮球坪，坪边一排杨梅树，一年四季枝叶青郁，但从不开花也不结果。后走廊是花坛和一排笔直挺拔的椿树。与知青楼相比，这栋办公兼住宿楼不晓得好了多少倍。香草调去时，二楼刚好有个领导调走，空出一个套间出来，管后勤的王副乡长就叫香草住进去。过了几个月，香草正在暗暗得意自己好运气分得好房子的时候，王副乡长却要她搬到小如鸽子房的阁楼去住，阁楼不过七八个平方，既无自来水管又无卫生间，上个厕所还要到知青楼后面的公厕去，况且，彼时，乡政府并没有新的领导调进来，香草又有孕在身，自然不肯，和王副乡长吵了一架。

呼啸山林

　　国庆节后，我极其沮丧地到荔枝溪乡林管站报到上班。

　　乡政府的七站八所就像儿女成家立业后分出去各立门户，各自为业。荔溪乡林管站在319国道边，左边是乡卫生院，右边是乡信用社，对面即是怡溪。站里有六个正式职工，四个临时工。职工多数是本乡人。站长姓张，本乡清捷河人，最先是村林业员，然后做了乡林场半脱产的营林员，再然后就调到了乡林管站，做了林管站站长。其实，自1978年乡林管站成立以来，乡站多数职工的来路大抵如此。不过，依了林政员吉建的话来说，张站长是洞庭湖见过风浪的麻雀。国家林业局领导曾经两次到官庄调研林区建设及林业生产责任制实行情况，彼时，张站长尚是一个毛头小伙子，陪着领导们上林场进林区调研，聆听专家们对林业发展的见解，长了不少见识，后来，又多次被派遣到外县外省学习各类林业生产技术，亲历了乡镇林管站从无到有，从盛到衰的发展过程。

　　乡林管站的工作除去我负责的营林外并没有明确的分工，有事大家一起做，站长看到谁安排谁，谁在家闲着让谁去。这一年乡里冬季造林的面积不多，潘香坪的楠竹造林和潘香铺的银杏造林，总共不过二百来亩，我只花了两天时间便完成了实地勾图、规划设计。也就是说，我这一个冬天的营林任务便算是完成了，余下的时间自然是随时听候站长的调遣。乡林管站主要的工作是林政，简明扼要地说就是处理各类林业问题，完成木材指标任务。荔枝溪乡每年有两千多个方的木材指标，每一车木材运出去，木材装车前，同事们先去检尺（检尺工作须要灵泛的人去做，像我这种木讷、动作迟缓的人自然是不能胜任的），填写码单，核定木材数量，填写呈报单。林管站的门前设了一道杠子，木材过林管站时，我们再核实一次。那个秋冬，只要不下村，我要么坐在屋内的木炭火边，喝茶吸烟，听同事们天南地北聊天；要么坐在走廊下，晒着太阳，看319国道上来来往往的车辆，看河滩宽阔，河水清澈的怡溪如一面镜子，映照着蓝天白云，映照着春华秋实，似水流年。间或，会有装着木材或木炭，又未交税费，未有任何手续的狗狗车、双排座，甚至大货车想要从我们的眼皮底下溜过去。我们守株待兔，等待兔子来。当然，也总会有兔子逃脱。

　　不久，我和同事们相互熟悉了，大家下村上林场，也不忘带上我。那一个冬天，我和同事们跑遍了荔枝溪乡十六个村。荔枝溪的村庄全部散落在怡溪或怡溪支流两岸，怡溪愈往下游，溪谷愈狭窄，溪涧乱石密布，水流湍急（十多年后，政府引进开发商，在这段溪流上投资建了电站，这是后话）。境内山峦虽高峻雄浑，却并无奇峰怪石，似乎都是一个模子印出来，山间林木稀疏，植物种类大同小异，山花山鸟普普通通，毫不打眼。可是，多年以后，我和香草去云南、贵州，看到风景名胜，再回想起和同事们当年一起走过的山山水水，记忆竟是那般深刻隽永，特别是怡溪流域依山而筑的木屋、梯田以及终年缭绕的雾山云海、流水飞瀑；特别是我的那些风趣有味的同事们，那些生活在深山老林的山民们，让人怀念不已。多年后，我每每回想起一些人和事，总有一股暖流在我心间悄悄滑过，让我觉得人生的笃定和沉实全都包裹在那些越山翻岭的时光里。记得调离荔枝溪乡林管站前我还和同事们去杨屋溪村处理了一个案子。杨屋溪村偏僻，从马家坪坐一个半小时车到主埠溪村后，便再无公路，沿杨屋溪走路进山（大货车可从溪里开进去）。山高溪窄，峡谷深长，虽无大树，但杂树茂密，老藤错落缠绕，腐叶厚实，一派原始丛林的气息。一起下村的吉建、黄皮匠、老龚都是有趣的人。吉建痞话连篇，任何一句话，在他嘴巴里吐出来都是黄色的；而老龚的冷幽默却常常笑翻大家；黄皮匠喜欢讲古，什么吴三桂大战辰龙关、马援兵败壳头山，将古往今来发生在沅陵境域内的故事东扯葫芦西扯叶，把明朝的故事放到唐朝，把汉代的人物拉到清代，也没人点破他，由他信马由缰。二三十里山路，要的是话题来消磨。两个多小时后，我们抵达杨屋溪村口。说是村口，其实并无人户，山民散居在各个山头，这儿只有一个代销店，大货车开到这里便算是终点。几个山民正往大货车上装木炭，溪边的草棚下怕有几千斤木炭，见我们四处探看，山民们一个个都不做声，埋头装炭挑炭。严格说来，政府并不允许销售木炭，但这些年来伐薪烧炭从没断过。烧炭卖炭是山民的主要收入之一，乡林管站也靠着它。每年秋冬乡政府收农业税的时候，香草他们总会收回去一车车木炭。老龚在草棚边与过秤的大胡子聊了几句，我们便继续上路。陈支书家就在第一个长坡的半山腰上。陈支书是我们乡站职工邓以定的母亲，虽然已年过半百，但仪态端庄，气质大方，年轻的时候一定是个大美人，不过，她却是一个命运多舛的女人，丈夫早逝，邓以定其实只是她的亲侄儿。她家的房子实在漂亮，二层楼的木屋，用桐油漆过，棕黄透亮，房前有大片高大峻拔的杉树林。后来，邓以定告诉我，那片杉木林还是山林责任到户的时候，他养父母亲手栽植的，山林里像这种成片的杉木林几乎没有了。吉建他们是支书家的常客，喝一杯热茶扯一阵闲谈后，不知什么时候，涉案的山民已耷拉着脑袋蹲在堂屋口。这个衣衫褴褛，须发如蓬草的中年男子，一看就晓得是个老实人，可是老实人往往做出结巴事。老龚和黄皮匠显然处理过无数起类似的案子，三言两语，不到一杯茶的工夫便解决了问题。山民一走，吉建便迫不及待地将方桌摆到了屋中间，而黄皮匠则熟门熟路地从高低柜里取出了纸牌。陈支书前些日子就得到我们要进山办案的消息，早已杀了鸡，剥了板栗。我们安心住下来，打牌喝酒，如土地老爷一般自在快活，我初调到乡站时的沮丧烦恼早已忘得干干净净。

不过，这种呼啸山林，醉酒逍遥的日子只过了四个月，第二年春天，向明洪站长突发奇想，一个电话打到荔枝溪乡林管站，通知我去区站上班。

弄璋之喜

香草到新单位上班不久，发现自己又有了身孕。第一次怀孕时，我们结婚不过几个月。我觉得我们根本要不起孩子，而香草也觉得无论经济、经验及年龄（我和香草结婚这年，香草23岁），都不够格供养一个孩子。我们揣了结婚证去了人民医院。或许是香草的痛神经特别敏感，也或许那时原本就没打止痛针，香草在手术台上痛得尖叫，医生匆匆结束了手术，不想几天后下身仍血流不止，香草不得不再次去人民医院清宫。现在回想起来，香草后来的诸多病痛，都是当年日积月累对身体的过度损耗造成的。

这次，我仍旧不肯要孩子，要香草打掉。我的理由是家里太穷，养不起孩子。我所讲的家里是指千丘田父母家。我结婚之前，家里欠了许多债：爹两次胃出血开刀住院，大哥海生结婚、二姐得精神病去郴州治疗，海生计划生育超生罚款，弟弟借债结婚，如此种种，欠信用社的、大队的、朋友的、亲戚的。家里总是入不敷出。等到我终于大学毕业参加工作，我娘像是捡到了一张无限额透支卡，一次又一次地捎信要我送钱回去，甚至跑到我们两口子单位的财务室，查我们俩的工资，规定我每个月必须交一半的工资给她。我时常东挪西借去填家里的无底洞。有一次，信用社的人上门要债，我娘打电话到单位，我情急之中偷了香草的存折本，香草为此跟我大闹。我结婚的头十年，我工资的绝大部分都用在千丘田那个家里，我甚至常常对香草说，我们只要有饭吃就行了。香草这才慢慢明了我父母家的贫穷，如化脓长蛆坏到骨髓的沉疴，需要我们一生来陪杀。香草对我们的婚姻绝望之极，动过无数次离婚的念头。香草再次怀孕后，我几次要她去医院打掉孩子，香草半认真半威胁道：我们先离婚吧。

在离婚和要孩子之间，我选择要孩子。

过年后，我调到区站工作。虽然官庄到荔枝溪不过十来分钟车程，但我似乎又恢复了单身汉身份。我到各乡镇搞林业规划设计，沃溪镇、官庄、楠木铺、马底驿、杜家坪、长界、黄壤坪，外业内业，一去几天，音讯全无。即便不下乡，我也轻易不得离开区站。军人出身的站长向明洪说一不二，以军人作风管理单位，安排我们没日没夜守哨卡、抓偷关。那些年，也不晓得偷关的人怎么有那么多，只要林业站去值勤，就有人会撞到枪口上来。香草倒不太在乎我的来去，心思全在肚子里的孩子身上。她怀孕头几个月反应特别强烈，吃什么呕什么，味觉变得特别敏感，闻不得大棚蔬菜的味，每天早上要把苦胆水呕出来才作罢。四五个月后，香草去金矿医院做检查，医生说胎儿太小，要加强营养。香草这才买了一个烧柴的土炉子放在走廊上，自己开火做饭。从市场上买鸡，请人杀了，自己烧水、拔毛、开膛剖肚……香草不会烧柴火，每每将二楼走廊搞得烟熏火燎。隔壁的蔡乡长也是矿里人，算得上香草的半个老乡，看到香草挺着大肚子，半天砍不断一根木柴，时常帮香草砍柴引火。

这一年，乡政府派香草驻潘香坪村。潘香坪隔乡政府只有五分钟路程，不过村界长，村子大，有一千多口人。怡溪穿村而过，319国道也穿村而过。村里有一个水泥预制板厂，说是村集体企业，其实是村长和几个村民合伙办的一个小企业，不要给村里交任何管理费，跟村里没有半毛钱关系。有门路的村民在附近金矿打些零工，大部分人都还是守着自己的一份责任田责任山，春夏种田种苞谷，秋冬砍柴烧炭，也偶尔有村民去金矿的尾沙坝捡矿石。香草的小姑父家也是潘香坪村的，村长和村支书都是小姑父不出五服的亲戚，不看僧面看佛面，驻村工作，香草能做多少是多少，从不为难香草。

可是，春夏之交的时候全县突然发生了口蹄疫。潘香坪的耕牛多，被传染的牛也最多。县里通知说凡感染了口蹄疫的牛一律枪击深埋。耕牛是村民生产的命根子，谁都不肯杀牛。为了保住自家的牛，许多村民把牛赶进深山里，有的人干脆不让畜医检查。香草跟乡政府管政法的王书记一家家做工作，仍是有一部分人不听劝。全体乡干部都集中到潘香坪，县里负责杀牛的人也都背了枪来。最后，得病的牛悉数牵到了陆家冲山坡上。因为枪手只有五个，而牛有三四十头，只能分批杀。第一批牛好不容易被推进两人高的深坑里，一阵枪响后，其他的牛都看到了自己的死期，亡命往山上逃。一头怀孕的母牛被大家捉住后牵往深坑边。母牛的主人是位中年妇女，原本王书记和香草一直在她身边安抚她，她看到自家的牛，不待大家反应过来，冲过去抱住牛嚎啕大哭。那头母牛也通人性，大滴大滴的眼泪往下流。大家七手八脚把中年妇女拖开。香草死命地抓住中年妇女的双手，跟着她眼泪双流。这次口蹄疫几乎是毁灭性的。此后，潘香坪耕牛越来越少，乡里也开始农机推广，耕田机、打谷机慢慢进村入户。

　　到了八月初，企业办听说潘香坪村肖家组有人开了一个木材加工厂，企业办向会计要香草陪他去看看。加工厂在怡溪的对面陆家冲，冬天有一个用杉木扎的木桥，到了春夏怕木桥被大水冲走，就拆了木桥。香草穿着孕妇裙，一手提了凉鞋，一手提起裙子过河。水不深，刚齐膝，香草走到溪中间，溪水强大的冲力让香草站立不稳，一屁股跌坐在溪里。香草感觉身子重重地往下一坠，小腹像被拳击了一下的痛。走在前面的向会计赶紧转身扶起香草，送香草回乡政府。香草下身见了红。彼时，香草的预产期尚有二十多天。乡干部都下村去了，只有一楼的张主任在家。香草以为自己不会那么快生产。傍晚，香草站在二楼走廊上对张主任说晚上若肚子痛得厉害就喊她。张主任忙说，生孩子不是小事，半夜三更的，我一个人搞不定你，你快去官庄。香草于是换了衣服，拿了牙刷，背一个小皮包，搭了最后一趟班车到官庄。不想，我去黄壤坪下乡了，区林业站只有一楼退休的刘叔一家和三楼司机向哥的老婆周姐在家。周姐给香草在她家客厅打了地铺。到了凌晨两点左右，香草在睡梦中感觉肚子隐隐作痛，在地铺上辗转呻吟，周姐在里屋听见，赶紧起来请了刘叔的儿子用吉普车将香草送到湘西金矿医院。

香草一到医院便开始阵痛，小腹和腰部剧烈的疼痛，令她呻吟不止。坐在一边的周姐给她鼓劲，告诉她没有生孩子不痛的。孩子在你的肚子里，别人帮不上忙，你自己要攒劲。香草哭泣道，我不想生了。周姐笑道：苕女子，未必把孩子一直留在你的肚子里啊。最初，阵痛的间隙里，香草尚能休息一会儿，喝一口罐头水，给自己鼓劲，慢慢，阵痛的间隙越来越小，一阵接着一阵，不给香草半点喘息的机会，可医生过来检查说，还只宫开二指。香草的思想、意念都被剧痛左右着，觉得自己在地狱的油锅里煎熬全是我的错，要不是我让她怀孕，她不至于这样痛苦。香草一边哭泣一边咒骂我。天什么时候亮了，香草全没注意。不断有医生护士进进出出，但没有人走到香草身边来。香草晓得一定是开宫没有进展。香草绝望之极，可又无法可想，无处可逃，晓得只有早些把肚子里的货卸下来，才能解脱。她试着按医生的方法使劲，衣服全湿透了，可肚子里的孩子不见动静。终于又有医生过来再次告诉香草如何使劲，香草哭泣着要求剖腹产。医生不理香草。又有产妇被抬进了产房。香草看到与自己一样挺着大肚子的女人也在看自己。那个女人眼神平静，未有半分产前疼痛的表情，可是，香草却听到医生说她马上就要生了。我从黄壤坪赶回来时已是上午十点半，看到香草撕心裂肺的痛哭，我除了傻看，说不出半句安慰的话，也帮不上半点忙。从黄壤坪赶回来的路上，我的同事们教了我一个"绝招"：重重地打香草两个耳光，孩子很快就会生下来。香草痛得生不如死，我哪敢使用"绝招"。香草来官庄时只带了一根牙刷，所有的婴儿用品以及她自己的换洗衣服都还在荔枝溪乡政府。我平时都不晓得生孩子要准备东西，更

◀　086　呼啸山林
HUXIAO SHANLIN

不晓得香草有没有准备。周姐叫我立即回荔枝溪取东西，我也不晓得要取什么，懵懵懂懂出了大门。司机向哥倒是机灵，过打虎坪时，请了金山酒店的老板娘舒小环跟我们一起去乡政府。我们返回时，孩子仍没有生出来，香草正由着自己的性子哭叫，医生在一边不断在叫她使劲，使劲……"看到头了，使劲，使劲……"香草咬紧牙关，双手死命地抓着护栏，一次又一次地往外使劲，使劲……我也暗暗替香草攒劲，着急。可是，香草开宫仍然没有多大进展。剧痛让她的五官都变了形，披头散发，全身没有一根干纱。医生在一旁不停地教她往下用劲。香草竖起身子说自己很想大便。医生一边把香草按在床上一边叫她拉到产床上。香草绝命地哭叫……这时，一个医生说，要剪一下才行。我不忍卒看，扭过头去。再回头，看到香草的下身一股暖流奔泻而出，将香草轻轻托起，所有的疼痛猛地停止，香草止了哭叫，孩子如一尾鱼，从香草腹中溯游而出，用清脆的啼哭告诉世间，他来了，他来了。我抬起头看窗外阳光似火，枫香树在微风中摇曳生姿，一栋新楼房正拔地而起，建筑工人们上上下下……

一个有马褂木的村庄

　　我到区站上班的第二年，省林科院来了两位专家，说是要去考察荔枝溪蜂子洞林场的一片原生态马褂木林。蜂子洞林场在聂溪冲村。聂溪冲不通公路，运木的货车从溪里进出。我们先坐车到聂溪口（怡溪和聂溪的交汇处），溪口原先有一条水泥桥，有一年大水，冲垮了桥墩，村里和乡里都无钱修复。无论冬夏，村民们不得不脱鞋蹚水过溪。我们去时正是野百合盛开，马铃薯成熟的时节。沿路山坡上、田埂边到处是盛开着的黄色的、粉色的野百合以及白色的马铃薯花。山路边有简陋水渠，路面泥泞湿滑，而渠水清澈，山坡庄稼灌木皆湿漉漉的，太阳光打在叶片上，如祖母绿那样晶莹剔透。沿着山谷走五六里，看到一块一米高的禁赌碑的时候就到达聂溪冲村了。与319国道沿线的村庄相比，聂溪冲村完全是一派乡村的气息。除去山上蜂子洞有一个小组，十来户人家外，其他村民如种子一般，散种在聂溪冲里。村子被重重叠叠的山峦团团围住，村民的木屋也手拉手，屋檐搭屋檐在山峦下围成一个圆圈。圈内是百十亩良田。从自然条件看，这里土地及山林的出产充沛，山民即便不富足也应衣食无忧。然而，聂溪冲村几乎户户家徒四壁。就如富家养懒儿，满山的林木供养了聂溪冲山民，也滋长了他们的惰性，最终使得这个森林茂密的山村山空林尽，坐吃山空。香草后来在这个村驻村两年，每年为收农业税费头痛不已。香草说，她跟村干部们挨家挨户收税费，倒像是送春的童子，而村民也一个个变成蒸不烂煮不熟捶不扁炒不爆响当当的铜豌豆，要钱没有，要粮没有，锅碗桌椅乌漆抹黑、油乎拉渣，拿去当柴烧还怕脏了自己的手。

聂溪穿村而过，如圆圈的直径。圆心上有一座水泥桥，村妇女主任王翠娥在桥边修了两间小木屋，一间做小商店，一间供村民打牌赌博。王翠娥漂亮能干，她老公李贤胜是做木材生意的，时常来区站办出口，我们老早就认识。李贤胜夏天白衫衣，冬天黑西装，穿得笔挺笔挺的，神情严肃得天要塌下来的样子。我从没看到他笑过，即便大家都哈哈大笑，他也只咧一下嘴角。李贤胜有两个儿子，大儿子十来岁，有严重的先天性心脏病。李贤胜带着他去过长沙、北京诊治，没有半点效果，动不动就病危，常常半夜三更用货车送到官庄去。虽然大儿子常年四季一副气息奄奄的样子，王翠娥还是每天把他穿得整整齐齐。沿着溪堤往前五十米处是李支书家。李支书家单家独屋，门前是溪，四周水田包绕。他家最大的特点就是干净，农具家什都规规矩矩摆放在该放的地方。地面黑油油的，像是刷过油漆，其实就是泥巴地。在聂溪冲村，李支书家算是条件好的。他家倒没做木材生意，也没开商店，但李支书有三个儿子，一个个如门柱般高大壮实，深山老林里最大的树也能被三兄弟扛回来。当然，三兄弟吃饭也厉害，他们家煮饭的鼎罐大得如煮猪潲的锅。李支书的大儿媳在村小学当民办老师，家里油盐钱总是不缺的。我们一行人的突然到访，招引了在王翠娥家三桌赌牌的村民短暂的凝视。王翠娥一边给我们搬凳子一边扯开嗓门叫李支书过来。不一会儿，李支书和村长双双结伴而来。支书五六十岁的样子，双眼深邃得看得穿人世的黑白清浊；村长姓程，根本不像村长，外衣横披在身上，像个无业游民。村长一边听我们说话，一边俯身看人打跑胡子。牌桌上有人早被打成了空军，这回又背了对家的自摸，哪里开得出钱来，自动起身离席，同桌人笑嘻嘻请村长上场，村长用眼睛瞟了我们一眼，半推半就上了牌桌。

我们请书记带我们去蜂子洞。大家沿着小溪进山。彼时，溪涧枯竭，覃子宽的溪床尽是灰白的大溪石。书记说，水都跑到溪床下面去了呢。愈往里走，溪床愈窄，有一人合抱不过来的朽木倒伏于溪面上，上面藤蔓相缠，木腐叶翠，野趣横生。上山的路是牛踩出来的，牛蹄留下一个个深浅不一的泥窝，窝里积着落叶，积着麻栎，以及如羊屎一样的樟树籽。山林虽无大树古木却茂密俊挺，又因背阴，山下烈日当头，而山中却昏暗不见天光。又走一段，有齐腰高的杉木栅栏拦了去路。书记说，村里人将牛赶上山后十天半月才接回来一次，但牛认得回家的路，人不去接它，它们就自己回村，村民于是用栅栏挡了山路。省林科院的专家问，一直放在山上，不怕人偷？书记说，这深山老林与杜家坪交界，除去老屋组和罗家组有十来户人家，方圆十里山重山，荒无人烟，哪有外人进来？我们歇歇停停爬完一个长长的坡，看到一栋矮小的木屋。一个看起来不过十二三岁的小女孩正蹲在屋檐下洗衣服。支书老远喊了她一声，她抬头看了我们一眼，咧嘴笑了一下，旋即又低下头去，我们走到屋檐下，她也不起身，继续搓洗衣服。李支书同她说话，她也只回答是或不是，声音轻柔，眉目温顺得像只尚在吃母奶的小兽。省林科院一个专家说，现在正是上学期间，小女孩怎么没去上课？小女孩听了起身跑进了屋。李支书对省林科院的专家摇了摇头。一个男人从房里走出来，三十多岁，蜡黄的脸，病快快的样子。支书同他聊天，他有气无力地作着应答。省林科院的专家对他家屋后一株两人合抱不过来的银杏发生兴趣。大树亭亭，二丈内无旁枝，然后突然如撑开的巨伞，分枝亦很粗壮，如大树里长出新树。专家们围着树不停察看，又从背包里取了皮尺测大树的胸径，又用相机从不同的角度拍照，折腾了近半个小时，这才回到屋檐下向男主人打听银杏树的情况。李支书似乎比男主人更了解这棵树的历史，有一句无一句道，原先这屋后有两棵银杏树，一公一母。他小时候还在这树下捡过白果子，可是，不记得哪一年，公银杏树突然就死了。这话似乎触到了男主人的痛处，嘟噜了一句什么，佝偻着背不再说话。李支书赶紧岔开话题。大家在屋檐下坐了一会儿，李支书带着我们继续上路。

那片原生态马褂木林比大家想象的要远得多，抵达大屋场组时，李支书指着对面的山峦说，你们要找的古树还在那边山上。我一年前去看过那片马褂木林，那是一片真正的原始次森林，成片的马褂木，大的两人合抱不过来，小的不过碗口粗。那片马褂木林就如一个扎根在丛林深处的古老部落，不受俗世的羁绊，不受天命的挟制，从白纪地层到第四纪冰期一路郁郁葱葱走来。传说，这片马褂木林曾是天庭的天兵天将，不耐天帝的专制，遁入山林，化身为木，然而，每到秋天，树叶金黄，如一件件金马褂，将他们的皇族身份暴露无遗。省林科院的专家们听说还有很远的路要走，反而不急着赶往目的地了，几个人一路研究山林里的各类乔木，不时拿出相机拍照，拿出笔记本记录。李支书提出去大屋场组长家喝杯水再走，大家欣然同意。这大屋场组曾经确实是个好屋场，山高地阔，树高林密，然而，嬗变的时代，将山里人带进了城镇，大屋场完全破败了，我们绕过三四栋摇摇欲坠长满荒草的木屋，来到组长家，组长家的坪场倒干干净净，但不见人影。火塘屋未上锁，我们推门进去，几只老鼠闻声夺路而逃。屋内霉味扑鼻，看来，屋主已离家多日。李支书轻车熟路找到油柴、水壶，又从后屋打来凉水点火烧水，大家靠坐在屋檐下吸烟闲谈。虽然已是丛林深处，但几乎看不到围径两尺以上的树，不闻山鸟的啼鸣，寂静的山林如满腹心事的老翁，在我们这些外来人面前欲语还休。李支书指着丛林中一块如石桌一样的巨石凛然道，传说过往神仙云游至此，常几天几夜在石桌边煮酒对弈，弹琴高歌呢。省林科院的专家听后哈哈大笑，连说这世间哪有神仙，恐怕是野人吧。李支书也不做辩驳。

两把菜刀

　　荔枝溪乡政府书记、乡长都换了新人，副职也换了好几个。书记是从县里"空降"下来的，正儿八经的城里人。彼时，正播放电视剧《英雄无悔》，向部长的老婆王姐见人就说书记像《英雄无悔》里的名演员濮存昕。我觉得相貌并不像，不过身材气质倒有些神似。书记性情中人，有一股公子哥的味道。乡长忠厚老实，虽然比书记年纪大一截，对书记却言听计从。秋收后，乡里开始统一行动收税费。所谓统一行动就是全体乡干部集中力量到某个村去收税费，大村两三天，小村一天。这种统一行动至少能把百分之七八十的公粮和农业税收上来（不包括乡统筹、村提留款）。这一天，乡长带着一批人去清捷河村收农业税。清捷河是怡溪的一段。清捷河村原先叫张家村。传说清朝时吴三桂在官庄辰龙关大战清兵，清兵以少胜多，尸体血流成河，染红了怡溪，一直流到张家村溪水才变得清澈。张家村因此改为清捷河村。清捷河是个大村，有一千多人，除去嫁进来的媳妇，几乎全姓张。粮店的几个人在公路边找一处人户相对集中的地方，摆了磅秤和方桌，等村民送粮上门。村长为讨开门红，领着乡长和一伙乡干部先去了老党员张良先家。张良先正在屋檐下补鸡笼，看到村长带着一伙人径直向自家走来，忙站起身，村会计如和尚念经道，你家有×亩田，要交××斤公粮，××元农业税，××元乡统筹村提留……叽里咕噜一大通。张良先凑过脑袋去看村会计手里的册子，把自个家的和别人家的统统看一遍，比较一下。然后看看乡长，又看看村长，爽声道："交，皇粮国税，种田纳税，应该交，应该交。"说着就返身去堂屋取装谷的蛇皮袋。"老党员就是老党员。"村长说着带着大家往隔壁张良圣家。张良圣憨讷得像根木头，靠着木屋壁板，听任村会计念手中的册子。乡长也不说话，大家都不说话，看着张良圣。不知是谁说了一声，这迟早是要交的呢；张良圣嘀咕道，我没说不交。张良圣不敢不交，上个月他儿子去县城读书缺学费，村长二话不讲给借了二百元。村长拍了拍张良圣的肩道，交吧，交吧。也不待张良圣答应，带着一群人去了张良好家。张良好上山去了，他老婆在堂屋剁猪草，看到村长带一群人来，也不起身，也不搭腔，把一群人当作空气，继续叮叮当当剁她的猪草。"喂了几头猪呢？"乡长问。"两头。"张良好的老婆抬起头看了乡长一眼。"卖一头，留一头做年猪。""要养成精了，两头一起杀了都不够吃。""买几包'猪快长'给吃吃。""买过两包。太贵了，哪里来那么多闲钱。"乡长和张良好的老婆扯了好一阵闲谈，终于转到交税的正事上，张良好的老婆也剁完了一大堆猪草，她一边将猪草捧进猪食桶里，一边道：

"这事得等我男人回来，我做不得主的。"说完抬头看着村长，那神情似乎是要村长做证。"良好上山搞什么去了？"村长问。"他老兄搭信来，说擂钵尖林场要人砍树。"村长向乡长使了个眼色，也不再说什么，带头走了出去。大家在村坊里挨门挨户地转。好些户都是一把锁把门，人不知去向。临近中午的时候，村长带着大家如送春一样走完了三个组。三个组上门后立即交了现金的只有五户，两个组长，一个老党员，另外两户一户是儿子在金矿上班，还有一户是在本村开木材加工厂的。大家回到公粮收购点，看到村民陆陆续续在临时收购点过秤结账。粮店的过秤员粗着嗓门在训斥一位包着头巾的妇女，说她的稻谷太毛了。包头巾的妇人双颊通红，将稻谷抱到风车边。村长赶紧过去帮她一起将谷子倒进风车里。货车上码放的公粮不过二三十袋。乡长走到方桌边，拿起册子看了看。村长在一边道：今天才开始呢。

中午饭放在村长家里。村长的老婆和村妇女主任已将方桌摆到了堂屋外面的晒谷坪里。桌上有四样菜：一大锅黄豆炖肉放在一只土炉子炊着，另有一大钵南瓜、一钵酸豆角、一钵鸡蛋炒辣椒。香草早上只吃了半碗饭，早已饿得前胸贴后背，溜到厨房，看到村妇女主任正在灶锅里打饭，连声问："有锅巴不？有锅巴不？""有是有，但差了一把火，不脆呢。"说着铲了一块给香草。香草双手接过来，看到灶台上有半碗酸豆角，夹了一些到锅巴上走出厨房，大家看到香草吃锅巴，一窝蜂涌进厨房，每人抓了一块。晒谷坪里热闹极了，十几个人，站的站，坐的坐，两条土狗开始还安坐在坪场边，看到人们在吃东西，也按捺不住，在人群里窜来窜去。村长倒了七八碗米酒在桌上。碗是大饭碗，每一碗酒足有半斤。喝酒的人看到乡长坐下来也跟着陆续入席。不喝酒的人各自取碗装饭，围着桌子夹了一些菜后，端起碗走到一边吃去了。大家一端起酒碗，便都活泛起来。有人开始给乡长敬酒了，其他人也跟着来，乡长倒是来者不拒，陪着大家尽兴。很快，乡长一碗酒见底，脸红得像个关公似的。村长即刻又给他倒了一满碗。

饭后，大家稍事休息后去老冲组。清捷河村像一枚弯月，老冲组刚好挂在弯月东边的梢尖上，两岸千亩肥田顺着河弯到这里也收了梢，再往下去，便是好几里长的峻峭峡谷，以及怪石嶙峋的溪涧。老冲组人户不多，与大村坊的山民比起来，老冲组的人总像少点什么。村长带着大伙连去了三户人家，都像约好了似的——铁将军把门。"这样下去不行呢。"乡长像是自言自语，谁也没有接腔。别看乡干部平时在村里来来去去，人五人六，很威风似的，一到这种收农业税的大行动，便都装聋作哑，把自己当影子。村长随手丢掉烟蒂，横过一道田坎去张祖鸾家。几只鸡对来人熟视无睹，各自在田中觅食，一条黄狗从田坎边的木屋里冲出来，对着村长恶吠。村长粗着嗓门道：叫什么叫！说着又做了一个弯腰捡石头的姿势，黄狗倏地一下逃走了。"祖鸾，祖鸾……"村长对着木屋大喊，没有人答应。大家快步走到堂屋外。"人在家呢。怎么不作声呢？"村长看到张祖鸾正在厢房烧水，满屋烟熏火燎的。"老冲组，张祖鸾，张祖鸾……我看看你家要交多少。"会计在农业税册子上来来回回找张祖鸾的名字。"啊呀，啊呀，你连去年的农业税都没交。"会计像是发现了新大陆一样。"既然去年都欠下了，那今年继续欠着呗。"张祖鸾一边往火塘里塞木柴一边说。"你这是什么话？"村长道。"实话。""你这话就不在理了。""理？你们村里讲过理了？""我们村里什么时候没讲理，你倒是说说。""你是瞎子吃汤圆，要我说什么呢。""你和张祖宏家山林纠纷的事？那没办法，人家有林权管理证。再说，犁是犁路，耙是耙路，你欠农业税是另外一码事。""那我管不了那么多。""你怎么这样讲呢。自古种田纳税，天经地义呢。"乡长终于接过话头。"这世间天经地义的事多了去，依得了哪一样。""我看你这人是干较劲哎。皇粮国税，任何人任何朝代免不了的。"村长气呼呼地说道，张祖鸾用鼻子"哼"了一声，站起来去取方桌上的茶壶。"张祖鸾，你真是给脸不要脸。今天是乡长亲自带队来收税呢。""我管他乡长还是屁长。"张祖鸾说完走出厢房，站在堂屋门口。老冲组的人都像从地底下冒了出来，站在田坎边看热闹。村长说："你嘴巴放干净一点。"乡长说："你太嚣张了。今天你家这税还真不收不行了。""要粮要钱没有，要命有一条。""没粮，没钱，赶猪牵牛。"大家一直忍着不作声，终于有人忍不住，怒喝了一声。张祖鸾不待大家反应过来，冲进厨房操了两把菜刀，奔到堂屋门口道："有本事赶猪牵牛试试，我砍死他。""你还想行凶不是？"乡长边说边朝他走过去。乡长未做乡长之前是区公所的武装部长。每年带领全区几百民兵军事训练，懂得擒拿格斗。不过，他一点也没想要去打张祖鸾，他只是想喝令他放下刀子。张祖鸾看到竟有不怕死的朝他走过去，挥刀就砍，乡长完全没有料到，躲避不及，被挥过来的刀子砍中了手臂。张祖鸾原本也只是虚张声势，吓一吓大家，没想到乡长竟直朝他走过来，他想都没想就举起菜刀。看到血从乡长的手臂上汩汩流出来，张祖鸾吓坏了，菜刀一丢，转身就朝田坎上奔。田坎有一丈多高，他跳了下去，横过稻田，一眨眼就到了公路上，转过弯，朝黄酉溪方向奔去，不待大家反应过来，他已转过一个弯，没了踪影。大家这时才像从梦中惊醒，呼啦一下全围到乡长身边，七嘴八舌道，"快去医院，快去医院。""给派出所打电话，给朱所长打电话。"鲜血很快染红了他的衣袖，然后又透过袖子滴到地下。乡长恼羞成怒，想要发作，又极力地忍着，脸都青了，嘴里不停地嚷道：这狗日的，这狗日的。香草吓得发抖，远远地站在岔路口，张皇地看着乱成一锅粥的场面，生怕张祖鸾突然提了刀子从天而降。

　　有人奔到公路上拦了一辆货车，将乡长送到区医院。大家劝乡长住院。乡长没好气地说，有什么好住的。头也不回走出了医院。在潘香坪村收农业税的书记听说乡长被砍伤，赶回乡政府，召集班子成员连夜开会研究，最后决定由书记亲自带领全体干部去清捷河，派出所负责将张祖鸾抓捕归案。第二天清早，派出所几个人正发动三轮摩托车准备去清捷河，村长已将张祖鸾送到了乡政府。朱所长看到张祖鸾，二话没说，走过去就甩了他两个耳光，一脚把他踹倒在地。

　　这一年，清捷河的税费任务完成得最快，最彻底。

马家坪公田

　　我调到官庄两年后才晓得原来荔枝溪乡政府还是个有近二百亩公田，上万亩山林的"大地主"。公田在马家坪村沃溪与怡溪的交汇处，而山林则是擂钵尖林场和蜂子洞林场。站在乡政府二楼的天楼上就能看到沃溪、大堤及公田。造化的鬼斧神工在这里再一次彰显。怡溪南边是高大山脉，跨过溪去，却是完全不同的景致，一个个山包真如女子浑圆的乳房，山巅上有低矮松树，恍若女子的乳头。至于沃溪，它发源于花岩山（香草曾生活在花岩山山腰），穿过湘西金矿，从颜家堡的山冲里迂回缱绻后，流进怡溪。不晓得哪一年开始，沃溪变成了湘西金矿的排污沟，溪水长年四季呈乳白色或是硫黄色。曾经，马家坪和潘香坪人为耕牛喝了污水死亡而跟湘西金矿打了好久的官司。

　　当然，这乡政府的二百亩公田并不是从哪里"剥削"来的，它的来历有着历史的渊源。这片公田原先是一片满是芦苇的长河滩，附近村民的牛羊大都放养在这片河滩上。1974年，知识青年下乡。五一厂、五三厂以及财贸战线的子弟近九十人，下放到荔枝溪乡，成立了马家坪知青农场。乡政府先是组织全乡劳力及知青们修筑这片河滩的大堤（上起马家坪村的颜家堡，下至昌溪口），下半年开始知青们便在河滩上开荒。1975年至1977年，先后又有七十名五一厂的子弟来到马家坪知青农场。政府在谢家堡与何家堡之间的山坳修了一栋知青楼（知青农场解散后，荔枝溪乡政府从荔枝溪村搬至知青楼，即后来香草上班的地方）。那个年代，个人的命运前途全都拴在国家的各种政治运动之中。知青们不得不成为一个地地道道的马家坪农民，知青楼是他们苦乐相渗的家。年青人们虽然之前五谷不分，一旦天天脸朝黄土背朝天，各种农活，比如播种、施肥、犁田、薅草样样边学边像。他们把在谢家堡开垦出来的荒地弄得风生水起，满园青翠，春天里总有吃不完的黄瓜豆角，冬天有吃不完的萝卜白菜。知青们又买回好些坛坛罐罐，做酸菜、做腌菜、做干菜，将生活浸泡在泥土和汗水里，管它冬夏与春秋。新开垦出来的滩地因为没有耕作层，不保肥，更不保水，不能种水稻，知青们就在上面种红薯、苞谷、黄豆等旱粮。1976年，他们一面在颜家堡开垦出来的新田里种水稻，一面继续在下游开荒。至1979年，昌溪口新开出来的农田尚未种上水稻，知青们陆续回城，马家坪知青农场自动解散。而由知青们在河滩上造出的一百多亩水田，责任到户后，有一部分划给了马家坪村村民，一部分留作政府公田。

政府的公田分为三大片，一片是从沃溪与怡溪的汇流处一直到昌溪口油坊后面，面积有一百多亩，一直租给马家坪村民耕种，隔壁潘香坪村也有两三户租田户。另外两片在谢家堡和颜家堡，大概二三十亩。1990年起始，县里大搞造林灭荒，每年有几千亩营林规划。在林业部门工作一辈子的老张是马家坪人，看到了这一商机，领着他的族人育杉木苗、楠竹苗、酸枣苗。我调到官庄区站后不久，区站也租赁谢家堡和颜家堡的水田育苗。那几年，我和同事们时常在这两片田里劳动。

　　每年秋末，县政府都要下发"四冬生产"文件。"四冬生产"就是冬修、冬造、冬种、冬防。香草被指派去马家坪大堤上种油菜。分管农业的邓副乡长，人长得小巧玲珑，做起事来却比男人还强悍泼辣。她一心一意要在马家坪村打造一片样板油菜田。她安排香草和农技人员每天去公田。秋天的怡溪宁静，河滩宽阔，水流滞浅。溪滩上芭茅草一天比一天枯黄，抽出酱紫长穗，开出灰白花絮，在秋风里起伏招展，使得溪滩愈发空旷寒凉。公田泥土蓬松肥沃，能捏得出油来。几场秋雨过后，稻兜又发出绿叶。马家坪人有种油菜的习惯，但以前只在山坡上刀耕火种。烧一片荒坡，撒几把种子，让天公浇水，让地母施肥。香草天天在大田里转悠，不久便认识了许多村民。一个叫张远胜的，田犁得最好，泥浪笔直，不深不浅，转弯时，铁犁在他手时轻轻一弯，便犁出一个漂亮的大弧来。香草看着犁耙在他手下轻松地翻起一道道泥浪，心里痒痒的，说服张远胜，让她犁一圈。可是，犁和牛到了香草手里，就完全不是那么回事了，铁犁笨重得香草根本掌不稳它，牛也不配合，站在田里不肯挪脚，香草一边吆喝着一边不停地扯缰绳，牛终于迈开脚步，铁犁却走了线。香草又吆喝着牛停下来，可完全是对牛弹琴，牛轻轻松松拉着犁迈开大步朝前走，香草又要扶犁又要拉缰绳，没走几步，便被拖翻在泥坑里，如狗吃屎一样，满身满脸都是泥土。张远胜笑翻在田埂上。邓副乡长要求油菜要种得横竖成行，老百姓不耐烦听她的，说哪里来许多花架子。何况，每丘田长二三十米，宽十多米，谁有本事栽出一行行笔直的油菜呢？邓副乡长就让香草和农技站的几个人拿了竹竿、长绳索和石灰划行距，村民沿着一行一行的石灰印子栽油菜苗，速度倒也快了许多。农户都争着叫香草去打石灰线。只有张远造不急，别人家的油菜苗都返青了，他家的大田还没犁过来。他倒不是有意要拖后腿，他和他老婆实在是太忙了，想要赚尽这世上的钱。他家就在319国道边，和公田仅隔着一条马路。他要种田、育苗木，家门口还办了一个水泥砖厂。他只要一得空，便和他的老婆做水泥砖。不管春夏秋冬，酷暑严寒，他长年四季穿着一双糊满水泥的套鞋，胸前围着一块花白的橡胶皮围裙。

　　油菜种完后，政府又派给香草另一项工作——收公田的租谷。多数的租田户接到通知后，隔天便将粮食送到乡政府食堂的仓库，可颜家堡、谢家堡的租户就没这么简单。香草第一次去颜家堡的张金社家，张金社可热情了，硬要请香草坐一会儿，喝杯茶再走。她一边烧水洗茶杯，一边同香草聊天。她说她结扎后小腹时常痛。香草问她去矿里医院做过检查没有。她说她哪有钱。她又说计生办那个手术医生就是个阉猪的出身，在她肚子上划个口子，三下两下，刀子、剪子、钳子在托盘里叮叮咚咚响一阵过后，就说手术完了。真比阉头猪还快呢。香草告诉她，结扎确实是个小手术。她像没听见一样，继续诉苦。香草于是不再作声。至于租谷的事，她提都不提半句。后来，香草才晓得她是个老上访户，隔三岔五来乡政府找领导。谢家堡和颜家堡其他的租田户，也不说不交，但就是不把租谷送到乡政府来。香草跟领导汇报，也没什么动静。但第二年春天，乡政府仍旧和他们签订包租合同。偶尔，香草听乡政府的老同事说，以前每年可收两三万斤租谷，政府食堂每年要喂十几二十头大肥猪，到了年底开团拜会，便把大肥猪全部拖出来杀了。全体干部家属齐上阵，烧水的、杀猪的、刮毛的、开膛剖肚的，从食堂到猪栏的"之"字形坪场上四处是猪屎、猪血以及肆意横流的污水，乡政府整天都是猪的号叫声、人的喧哗声。好几天后，乡政府还四处弥漫着杀猪后留下的气息。香草晓得老同事不是在吹牛，因为，政府礼堂后面的数十间结满蛛网的猪栏便是佐证。

　　香草调离荔枝溪乡政府的前一年，马家坪的公田发生了变故。有一天乡政府操坪里突然来了两辆大客车，下来五六十人。他们一窝蜂一样拥到食堂吃饭，然后又被领到何家堡，也就是新建的马家坪大桥桥头，后来，又被带去看公田，最后，他们一个个满脸笑容地在霞光晚照中离开。有人悄悄告诉香草，他们是陈家滩库区的，准备移民到马家坪来。这里有山，有溪，有田，有土，还有319国道，实在是比他们的故乡好了不知有多少倍。果然，没过多久，县移民建筑工程公司进驻乡政府，何家堡开始破土动工，几座山被夷为平地，修起了几排二层楼楼房。不过，金窝银窝不如自己的狗窝，虽然政府的公田都分到了他们的名下，又从潘香坪买了数百亩山给他们，但移民户并不怎么热心来安家落户。前前后后住进了一些移民户，又陆陆续续地搬走了，不久之后，有好些移民户把房子卖给了马家坪村民，而那些公田又由马家坪村民继续耕种。

　　我调离官庄后两年，马家坪大堤上的那片公田上修了一条高架桥（常吉高速），公田被削去了一大截，长长短短，不成气候。高速公路如时光隧道一样从公田上飞过，桥下获花满目，零碎稻草垛隔着桥墩相望，一派空寂。

夕阳如血

怡溪发源于杜家坪乡的岩湾和佘家洞（同属雪峰山脉），两条小溪横穿过杜家坪乡，抵达大金坪，即齐眉界国有林场的右侧后合二为一，一路激流浩荡进入荔枝溪乡新屋场村，然后过荔枝溪、潘香坪、马家坪、清捷河、黄酉溪、化溪、丛溪口、主埠溪、油坊坪，在楠木铺乡两合口村与另一条怡溪汇合，经陈家滩乡流进沅江。怡溪每经过一个村，都会有一条或数条小溪汇入，充沛它的流量，也使得怡溪愈到下游水流愈发湍急。这里需要特别说明的是，沅陵县大地理上的怡溪流域还包括楠木铺乡的怡溪和马底驿乡的怡溪，三条溪都发源于溆浦、安化交界的雪峰山脉，最后也都流进沅江。

新屋场村在地理位置上毗邻于林业大乡杜家坪。齐眉界林场建场之初划定的面积是二十万亩，将新屋场的部分山林囊括了进去，后来因为经营管理跟不上，权属新屋场的山林又从林场剥离出来，重新归新屋场村所有。80年代以前，尚未通公路，林场岭阜纷错，林深树茂，一直保持着天然林国的原貌。十七岁即下放到齐眉界林场的老张在这片山林里生活工作了十年。他说，如今一片三五百亩的林地，山上的树径不过二尺，却俨然取名曰"森林公园""天然氧吧"。二十年前的齐眉界林场林海滔滔，如仙境一般。站在山巅看山峦，云海连天，山峰一半在天上，一半在人间；早上进山砍树，云雾挂在树梢间，丝丝缕缕，飘浮如衣袂，踮起脚尖就能扯下一片。山林里到处是大到一人抱不过来的辰杉，林场工人一天最多只能砍两棵树，上午一棵，下午一棵。山林里的鸟兽也多，一群一群的黄色的、蓝色的长尾鸟立于灌木丛上，不细看，以为开了一树彩色的花；野兔、野猪多得成了灾。有一天晚上，他和同事去场部开会，路遇一群狼，足有六七只，幸而他们打着火把，狼群不敢进攻他们，但他们也不敢轻举妄动，他们一边与狼群对峙，一边呼叫，场部的人听到喊声，拿了斧头、扁担赶来，才合力将狼群赶走。

以前，荔枝溪乡的木材需要通过怡溪放排至陈家滩，再经陈家滩转运常德，没有一两个月不得来回。到了二十世纪七八十年代，主埠溪、新屋场连接319国道的两条村级公路相继修通，木材直接通过319国道运至常德，只需半天时间。迅捷的交通使得荔枝溪乡的木材如开闸之水迅速流出（最近，我在本地论坛上看到一个帖子，大意是反对在县域内建铁路，增建高速公路，说多一条铁路多一条高速，就会多一份破坏多一份污染。帖子是一位曾在官庄区林业站工作过的老县人大代表发出来的，后来这个帖子在人代会上成为正式的代表提议提交上去，姑且不提提议通过与否，老代表痛惜当年因了公路的修通满目山林变荒山的心情却是显而易见），除去杨武溪油坊坪等边远不通公路的村尚有木材蓄积，多数村的山林已无树可砍。当然，这并不只是荔枝溪独有的现象，到1990年左右，沅陵县由林业大县演变成了头号荒山大县。

为摘掉这个帽子，县里一个会接着一个会，给各个乡下达造林任务，给乡镇领导施加压力。彼时，我正在坳坪乡如无头苍蝇一般规划设计飞播造林。怡溪流域属紫页岩地质，适合人工造林。荔枝溪乡恰逢政府换届选举刚刚结束，新当选的乡长是位女性，年轻漂亮能干，荔枝溪乡人。原本，荔枝溪人来做荔枝溪乡的父母官就够让荔枝溪人兴奋的了，更何况还是一位女乡长，这就更让全乡上下莫名振奋。新官上任三把火，女乡长上任第二天，即召开全乡灭荒动员大会，参会人员包括各村村干部、村民小组组长以及全体党员。每个村多则五六十人，少则一二十人。三百人的礼堂座无虚席。当然，好多人并不为开会而来，更不为灭荒而来，他们是来给女乡长捧场，来一睹女乡长的芳容。大家都知道她出生于一个贫寒的家庭，从小过继给无儿无女的叔父，她的成长简直就是一个传奇。为了这次会议，乡政府甚至杀了一头猪。无疑，动员会开得很是成功。无论私底下，还是公开场合，村干部们都在女乡长面前表态：保证完成任务！不就是栽树嘛，不为别的，就冲你乡长，我们也不能打半点折扣。女乡长喜上眉梢，恨不得给每位乡亲敬一碗酒。

酒足饭饱后，村干部开始领着自己的人马回家。太阳已开始偏西，蛋黄一样的太阳倒映在怡溪中，溪水金黄，如万千钻石在水面跳跃，刺亮得人睁不开眼。从乡政府到新屋场，走得再快也得两个半小时，但没有人害怕，山里人怕什么不怕走路。大家因了酒兴，在女乡长面前也不由自主文明起来，跟她握手道别，个个如斯斯文文的读书人。女乡长将大家一直送出政府大门，看着他们前呼后拥从侧门走了出去。大家刚下了长而陡的台阶，有人就看到黄金溪村的货车从马家坪大桥驶过来，司机也看到了同村人，不待货车停稳，手脚利索的男人们就爬到了车上。黄金溪村和新屋场村在一条线路上。没有人愿意走二十多里山路。新屋场村干部不由分说，带领大家往车上爬。货车厢很快就挤满了人，而货车四周还有一半的人未上车，有人爬上了车头，左右两边的车踏板也各站了二三人，而车下的人仍然一个劲地往车上爬，货车厢像一个伸缩自如的胃，进多少收多少，不一会儿，八十多人全上了车。有人尖叫："你踩到我的脚啦。""我被你们挤得喘不过气来了。""莫挤、莫挤。""不要身在福中不知福，有得车坐还嫌这嫌那……"新屋场村后屋组的组长向绪坤站在车下喊：车轮都快被压扁了哎。司机听到喊声，想要下车看看，可是，踏板上站满了人，不说下车，头都没法伸出来。不时有人喊挤死了，挤死了，快开车，快开车。司机骂骂咧咧发动了车子。初秋的风如一匹匹丝绸一般轻拂脸庞，车上的人顿感周身毛孔舒张通畅。货车慢慢腾腾在319国道行驶，沿途都是开会的人，潘香坪的、潘香铺的、荔枝溪的、马安铺的。车上人朝路上人挥手致意，这致意有兴奋和炫耀的意思。路上的人笑骂道，狗日的，你们真是生就的好命。大货车像个得胜的将军一样扬尘而去，不久，拐入荔枝溪村到新屋场村的村道，七拐八拐的山路马上让货车上的人变得不安稳起来，大家一会儿往左倒一会儿又往右倒。简易公路一边是山，一边是怡溪，悬在公路上空的树枝不时从车上人的头顶上掠过，大家不得不一会儿弓背，一会儿弯腰，如演杂技一样。有人咒娘骂老子，有人讲野话。尽管大家都感觉挤得难受，但比起走两三个小时山路来说，这实在算不得什么。大家都暗念着再有十来分钟就到新屋场村去往黄金溪村的岔路口了。货车拐过一道弯又拐过一道弯，很快到了舒家溪，车上的人看到了山坡上已收割的空荡荡的稻田，看到了苍郁的山峦一点点靠近又一点点退后，大家甚至看到了舒家堡木屋乌瓦以及袅袅升起的炊烟……这时，突然，站在车厢前面的人尖叫道：怎么回事？怎么回事？站在后面的人还没有反应过来，车子朝着怡溪，朝着悬崖冲下去……

怡溪血流成河。

这一场事故当场死亡三十二人，新屋场村支书和主任无一幸免。

这一天是公元一九九二年九月十二日。

擂钵尖的命运

　　我这里说的擂钵尖不是一个地名，也不是一座山峰，而是一段山脉，一片山林，从马鞍堂到油坊坪两合口，纵向三四十里，它是雪峰山脉进入常德桃源丘陵地貌的最后一片大山脉。自古森林繁茂，豹虫成群。据传，这片山林旧时属于马鞍堂张财主的家产。张财主极善经营山林，他年年伐木，也年年造林。他的林地总是砍下一片，又长出一片。他一辈子买山砍林卖树造林，如此反复，到他九十岁时，擂钵尖这片几万亩的山林便都成了他的家产。解放后，山林归公，大跃进"大办钢铁"烧木炭，大办食堂砍烧柴，三年经济困难时期毁林种粮度荒，后来又"七分山上夺高产"，擂钵尖在短短的二三十年里生生被砍成了荒山。70年代中期，又"社社办林场"（至1976年，全县有428个集体林场），擂钵尖林场就是这个时期建起来的，面积仅两千亩，包括丛溪口和潘香铺两个村，权属荔枝溪乡公社。与擂钵尖林场同时成立的乡集体林场还有峰子洞林场。两个林场成立初期，恰逢大批知识青年下放农村，荔枝溪乡成立了马家坪知青农场。知青们一方面在马家坪的溪滩上修堤造田，一方面时常被安排到两个林场造林种苞谷。

1990年前后，谢绍明任荔枝溪乡书记。谢书记虽是农民出身，但这个农民做起农村工作来却毫不含糊，就如一个郎中熟悉每一味草药，一条鲸鱼熟稔大海一般，他对农业、农村、农民的状态了然于心。在那个混乱而激情的年代，他从村小组长做到大队干部，再从公社干部做到乡政府书记，真正懂得"植树造林，造福子孙"的含义。他在各个乡镇间辗转来去，了解山林砍伐的现状，他更清楚荔枝溪的财政状况和企业经营状况。荔枝溪的企业，除去木材加工，还是木材加工，乡镇企业办就是靠木材加工厂来维持。他调到荔枝溪乡时，荔枝溪已成为荒山大乡。

这一年，杨武溪村主任陈万桃由村干部破格选拔为副乡长，分管林业。他腊月上任，在家过完年，正月初七回乡政府报到上班，谢书记找他谈话，说，我从县里领了六千亩造林任务回来，你必须在3月12日前完成任务，否则，你从哪里来回哪里去。陈副乡长二话没说，第二天背包上了潘香尖山。当然，谢绍明自己也没闲着，卷起铺盖，带领全体乡干部们上山垦荒造林，整个春天吃住在山上。有一天，他从县里开会回来，一位女职工在坪场看到了他，出于礼貌，喊了他一声。他劈头就是一句：喊什么喊，人人都上林场造林去了，你窝在家里做什么。造林的劳力来自全乡十六个村。平日里，大家都埋首于自己的责任田和责任地，彼时，抽调到林场来义务造林，心里虽然有些不乐意，但一旦聚在一起，却也能暂时放下一切。从山坳到山巅，从这一个山岭到那一个山岭，几百上千个劳力一起砍荒、炼山、整地、挖穴、栽苗。女人们边做工边讲家长里短，男人们则野话满天飞，听得人脸红心跳。偶尔，有人在灌木丛中看到一个竹鼠（俗称芭茅老鼠）穴，大家就都放下手中的活，一起去挖竹鼠，有时候会是一场空欢喜，偶尔挖得竹鼠的时候，这天晚上某个山民家里十来斤米酒或是苞谷烧就不对数了。临到傍晚放工的时候，多数的山民都不会空着手回去，几个树苑、半捆干柴，或是一把小竹笋、野胡葱，或是顺路折一把鲜嫩的蕨菜回去。山林没有了高大的树木，而春天的野草野花却是蓬勃着的，纯蓝的鸢尾在路边随处可见，兰草花则在某处幽暗地用清幽的香气牵引着山民的嗅觉，可听惯山鸟的鸣唱看惯山花的山民一点也不为所动，顶多只是念一句，好香的兰草花呀，脚步却不停下来，任凭夕阳将他们的脸映得通红。

第二年，擂钵尖林场又与县木材公司联营，木材公司投资30万元，在青峰尖造杉木林2180.9亩。至此，擂钵尖林场初具规模，成立了五个分场：潘香尖林场、青峰尖林场、老尖林场、梨树湾林场、擂钵尖林场。地界范围包括马安铺、潘香铺、清捷河、黄酉溪、化溪、丛溪口、油坊坪七个村。擂钵尖林场成为实实在在的万亩林场。那几年，县里的"林业资金管理办法"规定育林基金和更新改造资金按照林农出售木材保护价20％缴纳（其中育林基金12％，更改金8％），林政管理费每立方米收取1元，检尺费每立方米1.5元；更新费按林农出售价10％预留。荔枝溪乡每年有十多万的更新费用于造林以及中幼林抚育。擂钵尖林场六个分场的场员工资及每年的中幼林抚育资金都来源于此，也正是这笔经费，使得擂钵尖万亩中幼林的管理度过了再关键的三年。但到了1994年，县里又修改了林业收费政策，由原来的"三金两费"改为"两金一费"，取消更新费。没了资金来源的擂钵尖林场的管理每况愈下，撤销几个分场，撤减守场人数后，仍付不出场员工资，最后，乡林管站不得不派出两名职工守山。

1996年9月，我被单位派往市林业局学习，时间半个月。我在宾馆里两眼不望窗外事，专心学习的最后几天，天上像是被机关枪打成了筛子，大雨没日没夜地下。我一点也没在意，结业的这天早上，雨停了。我和同学们经过市局前院的绿化带时，一条彩虹挂在天上，初秋的晓风吹得我神清气爽。中餐后，我收拾行李和几个老乡一起去车站。可是，到了车站才晓得，几天的大雨，变成了一场大洪灾，直达县城的班车已经取消。在县局工作的张哥一面打电话请单位来接，一面又带着我和另外一个老乡一路辗转。沿路只看到露在水面的屋顶和电线杆。辰溪县城泡在水里，无路可走，又找不到船只，几个人如逃难般提着大包小包，跟着大队人马在齐膝深的水里徜徉。一路不断地转车、行船、步行，到达辰溪煤矿，县局来接张哥的车子已等了好几个小时。第二天，我坐班车回到荔枝溪，一下车被眼前的景象惊呆了，乡林管站门前的319国道被冲出一道大口子，而不远处的马家坪大桥的水泥桥墩已被冲垮，桥面斜插进了溪里。319国道上来住的车辆不得不绕道潘香坪。回单位几天后，我才慢慢晓得，这场特大洪灾给乡村带来的损失有多大，怡溪数十处堤坝冲毁，无数稻田成为溪滩，山体滑坡严重，诸多林业公路塌方或冲断，木材无法运出。有人说，这次洪灾，让沅陵的基础设施一夜回到了解放前。

各乡镇各林场的木材运不出去，各级财政也随即陷入绝境。

县林业局决定干部职工每月只发两百元生活费，若年底完成了全年指标任务，则补发全年工资。虽然官庄区林管站的账上有钱，但既然县里出了政策，区林管站的账上有钱也不能发，更何况是阎王一样的向明洪任站长。干部职工苦不堪言，却没有哪个敢作半句声。香草在乡政府上班也好不到哪儿去。这一年，县里实行乡财政包干。乡镇干部只发百分之八十工资，到年底那两个月，连百分之八十也发不出来了，说是欠发两个月工资。原本就只有三四百块钱一个月工资的乡干部都忍不住骂娘。乡政府人心惶惶。有一些乡镇则鼓励乡干部停薪留职，另谋职业。胆子大一些的乡干部或经商或挤进南下打工的行列。荔枝溪乡书记一方面像唐僧一样，大会小会在乡干部耳边念"今天工作不努力，明天努力找工作"，一方面带着乡长到县里四处化缘，但收效甚微。有人给书记出主意——卖了擂钵尖林场（其实是租赁五十年）。当然，这并不是荔枝溪乡的首措，之前已经有乡镇走过这一着棋，但作为一级政府，搞得要变卖家产，也并不是件光彩的事。乡村干部以及老百姓暗地里议论纷纷。乡领导顶着压力，将林场终是租赁给了林业局。有一天，有人通知香草去财政所取钱，有两个月工资之多。香草埋头签字取了钱，半句声也不敢作，像是分得一笔赃款一样，心里惴惴的，把那沓崭新的钞票藏在衣柜里，好久没敢拿出来用。

荔枝溪乡企业办木材加工厂的变迁

       香草调到荔枝溪的那年冬天，领导派给她一件奇怪的差事——陪县审计局工作组去乡企业办查账。香草懵懂憨愚，二话没说接受了任务。香草陪审计局人去企业办的身份是联络员，可是，荔枝溪乡企业办门朝东朝西香草都不晓得，自然，也不认识乡企业办任何人。香草和工作组一进入企业办就感受到了企业办上上下下的冷漠。香草每天的工作是上下衔接，为工作组安排生活。企业办会计姓李，很年轻，不过二十多岁，五官清秀，西装笔挺笔挺的，是个瘸子。或许是与香草不熟悉的缘故，又或许审计局的到来让他颇有压力，他把自己的嘴巴管得紧紧的，香草和他聊天，内容与工作没半毛钱关系，但他还是神情紧张，每一句话都说得小心翼翼，像个上课不敢回答问题偏又被老师点名的小学生，这让香草觉得很无趣。企业办主任也姓李，八字眉倒竖，衣服皱巴巴的，像是才从腌菜坛子里扯出来。他每天也是金口难开，香草一看到他心里就发忧，不敢正眼看他一眼。有一天，有一个村民来找他，那村民不晓得说了什么，他如一头突然暴怒的狮子，对着那村民一顿恶骂，而那村民也不是吃素的，跟他对骂，后来，两人差不多打起来，那村民在坪场操起一根木棒要跟他拼命。在企业办，香草唯一能够聊天的是一个销售员，姓董，四五十岁的样子，长得像山间的一株苦楝树。他口才极佳，香草很快就感觉他是个跑江湖的。没过两天，他跟香草混熟了，就和香草天南地北侃大山。他说，他祖上都是做木材生意的。光绪年间，他爷爷的爷爷是沅水木材市场"三帮五乡"（"三帮"即安徽、江苏、江西木帮，"五乡"即沅陵、黔阳、芷江、常德、贵州天柱五地木商）的主要首脑之一，他家在辰州府验匠湾的"董记"木行有自己的贮木场和客房，常年与汉口、南京的庄客（以钱庄作后盾的木商）来往密切，曾一度在汉口建有自己的木运码头，一年下运木排数额达七八百码（每两码折合1.4立方米），远销汉口、洪水港等地。民国年间，"董记"木行在他爷爷手里仍然兴旺，"鹦鹉州四十八帮，辰州第一帮"，"董记"木行在辰州帮里仍有一席之地。可是有一年大水，他爷爷贮运在验匠湾的二三百码木材悉数被洪水冲走，加之战乱殃及辰州，"董记"木行从此一蹶不振，到他爹手里，已只能做个小小木贩。不过，也因祸得福，解放后，家里的成分只是个富农，他勉强读了初中。那时代，初中生算是有文化了，他说他初中毕业后还在村里当过民办老师呢。

那个初冬雨水特别多，企业办也没生炭火，空荡荡冷清清的办公室只听得到钟摆的嘀嗒声。香草无所事事，要么立在窗前发呆，要么在大院周遭闲逛。怡溪从舒家冲奔出来后，一个小山包如一个巨人的腿突然伸出来挡住了怡溪的去路，怡溪不得不拐一道大弯，企业办就建在这小山包上。砖木结构的二层楼房，一楼架空，房子的基脚立在溪崖上，站在溪对岸看企业办像吊脚楼。地板是木地板，踩在上面"咚咚"作响。所有的门都对着319国道，所有的窗子都对着怡溪以及溪对面苍翠的山峦。房子新建没几年，红砖围墙清亮如新。院子比农家院子略大一些，坪场里堆满木材，仅在中间留了一条人行过道。大门的左手边是企业办的加工厂。说是加工厂，其实不过是一台削片的机器，两个工人。当然，它背后的出纳、会计、厂长、主任以及销售员、司机、食堂大师傅全算进来，完全算得上一个小小厂子了。一个围着蓝布围裙的工人将一截原木放在铁槽里，机器如滚刀，隆隆作响，木屑飞扬，空气里弥漫着清新的生木香味。机器将原木如剥皮一般，一层一层往里剥，剥成一张无限长的木片。刚剥出来的木片如一匹淡黄色的布，湿润且带些儿树脂的黏稠和清香。一根胸径二三尺粗的原木没几分钟就剥剩成拖把大小的细木棍。好些年后，我才晓得，家里的拖把就是用这种剩料做成的。另一个工人将木片铡成一张一张大小相同的木片码放在自己的脚边。偶尔，原木上有一个痂，剥出来的木片就如打上了一个补丁，或剥出了一个窟窿，工人师傅则会把有痂的部分铡去。溪堤上四处摊晒着木片，围墙下码放的木片齐墙高，一堆一堆，整整齐齐，一直堆到墙的拐角处。香草问师傅木片的用途。师傅头也不抬道，三合板呀，三合板就是用这东西压成的。

　　香草在企业办度日如年，回家跟我诉苦。我告诉香草，十多年来，县里的木材外销都是由木材公司、供销社、乡镇企业三个单位经营。经营木材是乡企业办唯一的也是全部的业务，政府收入除去农业税就是木材税费。荔枝溪乡每年有两千多立方米的木材出口任务，几十万的税费，在任何人的眼里企业办都是个肥得流油的地方，企业办的人个个牛气冲天是正常的，有人嫉妒有人恨也是正常的。香草哑口无言。半个月后，审计局工作组撤走回城，香草回单位继续下队收农业税，至于审计局是否查出了问题，香草一无所知。

隔年，县里下文，企业办改制，企业办一干人员全部自谋出路。企业办有经营木材经验的人纷纷各自出来单干。他们开始还挂靠在木材公司名下，没两年，本地的外地的木材老板如土拨鼠一般冒出来。荔枝溪乡有了大大小小十多家木材加工厂。不过，这些加工厂也只加工半成品：枕木、坑木、纸板、地板条。大多数的木材商人还是做原木生意，将木材运到广东或是其他什么沿海地区。企业办销售员老董在谢家堡开了一家木材加工厂，乡政府大门外有一块废弃的草坪，天一放晴，他的员工们就抱着一叠叠的木纸板到草坪里去晒，有时候，把乡政府大门外公路两边也晒满了。

枫儿四岁那一年，香草带枫儿去广东看姐姐，刚好老董送木材去广东，香草母子俩便搭了他的大货车南下。老董在官庄出口办只办了八个方的木材手续，可是他的车却起码装了二十个方的木材。他们下午出发，不久便到了太平铺木材检查站，这是出县的最后一个检查站，老董拿着他的出口手续单子在检查站进进出出，检查站的人自然看得到他的车子超载，要他补办出口，他背着一个黑色的大背包，找这个找那个，最后，老董补交了几百元，车子重新上路。天黑后，车子到了桃源县水溪检查站。水溪检查站倒没有让老董多费口舌，按老规矩，"留下买路钱"后，货车很快便上路，但一路上，老董都是小心翼翼，如工兵探路，到达常德时已是晚上八九点，香草和儿子饿得前胸贴后背。第二天，香草以为货车会大清早出发，但老董却一点也不着急，让司机反复检查车况，换了备胎，又慢腾腾地吃中饭，两个小时的路程，车子走了整整一天，香草心里急死了，催老董能不能快点，老董说，他这速度算快的了，他爷爷当年从辰州府送木材到常德德山，要一个多月呢。

　　接下来的两天里，虽然再没有木材检查站拦车，但老董还是如蚁虫一般不急不忙。香草也早已死了心，逗儿子玩，看车窗外转瞬即逝而又千篇一律的山峦、河流、村庄以及旷野，偶尔也和老董东一句西一句地聊天，听他说他曾经在乡企业办做销售员时在沅水、洞庭湖的种种见闻。他说，陆运木材只是近二十年来的事，以前都是靠沅水放排。木材用码钉扎成排，九根排成一列，叠三层，数列为一排。放排的叫"排咕佬"，旧社会是沅水上最底层的穷苦人。沅水滩多浪险，沅水的四大名滩（即九矶滩，横石滩、清浪滩、瓮子滩）都在沅陵境内，"四洞""九洄""十八滩"处处都是鬼门关。每年总有不少放排人死于沅水。所以，放排是有许多规矩和讲究的，其中一条就是女人不得上排，否则定遭凶险。香草这才猛然醒悟老董的货车为何一路小心翼翼。货车到达广东清远，已是第四天晚上，香草的假期已过去了多半。回来后，香草问老董运一车货赚了多少，老董反过来问香草每月有多少工资，香草老老实实说了，老董说，你停薪留职到我木材加工厂来做管理吧。香草只当老董说着玩，笑笑走了。隔一年，老董又要去广东送货，问香草坐不坐便车去广东看姐姐，香草连连摇头。不久后，老董的木材加工厂搬到杜家坪去了。杜家坪是官庄区最大的林区。

　　至于那个企业办的李会计，再无账可做，一开始还坚守在他的岗位上，后来，熬不下去了，终于走出去。香草再次见到他的时候，是十年后，香草去一个私营采矿企业搞调研，在财务室看到他，香草热情地跟他打招呼，他还是老样子，不冷不热，问一句答一句，像个小学生一样。

第三辑 ——————— DISAN JI

儒勒·米什莱在《山》中写道:"古代的人从来不怀疑树有灵魂——也许是模糊的,隐秘的——但确有灵魂,同任何有生命的造物一样。"

林无静柯

有人说，中国革命其实就是土地革命。山林真正责任到户比农田责任到户晚两年，并且，山林也不是直接承包给了农户，开始尚是以村集体承包，农民只有自留山，直到1984年后，才完全实行"两权"到户（林木所有权和销售权）。划分山林的依据也是五花八门，有的以解放初土改营业证为依据，有的是以1962年清山划界后实际管理为依据（这为后来处理山林纠纷留下了证据）。山林不比责任田，责任田有田埂为界，山林的界限则要模糊得多，以路为界，以岭为界倒还好说，有一些山林界线就是以某块石头，某棵树，抑或，"左隔茶山五丈为界"等等这种模糊得不能再模糊的字句。加之当年林权证发放工作做得虎头蛇尾，有的林权管理证填得不清，造成一山多主；有的山权与林权分离；有些林权证书甚至一直积压在乡林管站或是村干部家里。凡此种种，都为山林纠纷留下了隐患。彼时，交通和信息相对闭塞的湘西，尚未兴起南下打工大潮，责任田和责任山仍是山民的主要生活依靠。责任田解决吃饭问题，而山林则肩负起山民们的日常生活用度。乡村问题已由解决温饱转到村民间各类纠纷，而林业纠纷亦如雨后春笋。县与县之间，乡与乡之间，村与村之间，户与户之间，山林权属纠纷成为地方政府工作最为头痛之事。据《林业志》载：1987年沅陵与安化两县之间的山林纠纷，涉及15个村153块14165亩山林权属，两县联合处理后，协签了《安化、沅陵两县联合调处插花山协议书》。这是县里最大的一宗林权纠纷案，之前还有与辰溪县、与大庸县（今张家界市）等数起林地纠纷。

山里人并不是个个质朴，有仗势欺人者，有狡诈耍猾者，有贪图小利者。磨子溪有一户向姓人家有四兄弟，长兄在城里工作，父亲曾经是村里的大队老支书。他家的林地与徐姓人家相邻，这徐姓是招郎上门的外地人，妻子是个哑巴。当年山林到户的时候，哑巴还是个小姑娘，父亲曾带她上山指认过自家的林地，几年后父亲过世，哑巴和她的丈夫上山砍树，向家说哑巴砍的是他家的树，三兄弟齐上阵，把哑巴两口子辛苦砍下来的树扛走了。哑巴到政府去讨公道，调解人员叫她拿出林权证来，哑巴不晓得还有林权证这种东西，向家有林权证却不肯拿出来。哑巴只清清白白记得当年父亲给她指定的界限，可是她有口说不出。这种弱肉强食的案例多的是，但任何人都没有办法，用乡里人的讲法，你只有搬块岩头打天去。当然也有逆天者，用自己的命去拼，打得头破血流。

虽然山林纠纷归地方政府和司法部门联合调处，但林业部门往往也要配合地方政府。毕竟，山林勾图以及当年林权证的发放是由林业部门一手操办。区林业站站长向明洪最烦躁处理林业纠纷，费力不讨好，总有一方不满意。不过，凡经他手处理的林业纠纷案，老百姓很少有上诉的。他军人式的办事风格，独断专行却又不失公正公平，人家不得不服。我曾经跟他下村处理过无数次山林纠纷。

洞底村有两兄弟，为争山林大打出手，俩妯娌更是纠缠不清，三天两头总会找个由头吵一架。有一段时间，妯娌俩像是比赛似的，每天只怕看不到对方，一看到就开骂，什么陈年旧账都翻了出来，什么歹毒的话都骂出了口。骂得村里的牛羊鸡狗都不敢作声，骂得天上的鸟都仓皇地飞走了。村里人一开始还天天尖起耳朵听两家吵架，看热闹，觉得有味，慢慢地，也厌烦了，说村庄如今连聋子公公都住不下去了，盼着政府来人解决。向站长带着我以及乡政府的张副乡长进村。在村长家一杯茶尚未喝完，兄弟俩一前一后来了，跟在他们后面的还有俩妯娌。副乡长刚张嘴想问问情况，俩妯娌就扯开嗓子吵起来。向明洪性子躁，桌子一拍，没给半分面子把俩妯娌训斥了一顿。俩妯娌即刻放软了声音，但两张嘴巴仍关不住，在一旁叽咕不停。向明洪晓得有这俩妯娌掺和，就办不好事，请她们回去。两妯娌在村干部的劝说下离去。兄弟俩也将扳起的脸放了下来。兄弟俩各持林权证，向明洪问哥哥要了林权证反反复复地看了几遍，似乎想要从短短的几行字里看出个子丑寅卯来。上面白纸黑字记载："以坳为界"。可是，那片山有两条坳，哥哥说是东边这条坳，弟弟说是西边那条坳，两条坳相距不过十来丈，两坳间的山林面积约有二三十亩。当年分山的时候，这片山坳灌木丛生，谁也没有过多留意。十多年过去，虽然没有参天大树，但许多碗口粗的杂树也足够烧几窑好木炭。兄弟俩争的就是这片山坳的林权。然而，到底是以哪条坳为界呢？我一言不发，拿出图纸用绘画笔迅速勾出兄弟俩争执的那块山界，算出面积。可是，村长说，当年山林责任到户不比分责任田，并没有严格按人口和山林面积来计算，这一家比那一家多十亩二十亩林地是常事，况且，林地树木有稀疏、大小之分，也只能分个大而概之。向明洪一言不发，一心一意吃板栗和花生。板栗收藏得很好，没有一颗虫咬和霉烂，花生是用桂皮和盐煮过后又放在木灰火上烤过的。板栗的甜、花生和桂皮的香一起在舌尖上跳跃，再喝一口浓浓的茶，则满嘴满腹都是清香了。向明洪的脚边堆积了一大摊板栗壳和花生壳。村长怕大家不够吃，又捧了几大捧放在桌上。兄弟俩的陈述，他也就着板栗和花生的清香一一听落了肚。较之于向明洪这些年处理过的花样百出的林权纠纷案，这个案子算是简单的。向明洪吩咐村长去找当年参与分山的老人。村长坐在火塘边支吾着没有要去喊人的意思。向明洪晓得村长定是有苦衷，也没有多说什么，叫村干部带路，和我一起去走访老人。多数的老人们对这俩兄弟家的事也是讳莫如深，谁也不想惹麻烦上身。但案子总要处理。向明洪和村长商量，让我陪同几位老人分别上山实地指认，但兄弟俩都不参与，每一个老人的证词都只有我一个人晓得。这个方法很快征得老人们和两兄弟的同意。虽然岁月蹉跎，林木疯长，但山峦未移，沟壑仍在，老人们还是在荫翳的丛林里辨认出当年的那条坳。是夜，向明洪和我住在村长家。村长用山鸡炖枞菌款待大家。弟弟自然不服处理结果，跳起来大吵。众人软言相劝，弟弟愤然离去。不一会儿，弟媳的咒骂声便穿过夜幕而来。我们宛如听夏蝉的轰鸣，青蛙的鼓噪，照旧说笑自如，大碗喝米酒，大块吃鸡肉。咒骂声没有持续多久便在黑夜里偃旗息鼓了。

麻 子 岭

　　抓偷关对于我们来说就如守株待兔，有没有兔子来，哪一只兔子来，什么时候来，都是不确定的事。不过，兔子肯定是有的，并且，我们也并不死守一株树。我们如游击队，打一枪换一个地方。有时候，我们兵分两路，一路人员蹲在马家坪公路边的某处民房，兔子过马家坪时，我们用对讲机通知打虎坪的另一路人马，这样，兔子就稳稳地成了我们的囊中之物。

　　偷关的木材一般都送往桃源县。从桃源太平铺至茶庵铺一带，有好些木材收购点，专门收购沅陵没有任何税费手续的木材。这些木材大多为杉木棒，大不过海碗粗，小不过茶杯大。区林业站年年月月守卡子，抓偷关，绝大多数时候抓的就是这些开往桃源的木材运输车。从官庄去桃源有三条路，一条走319国道。县林业局在319国道上设了太平铺检查站，一年三百六十五天天天有穿了草绿色制服的林政执法人员把守，另外两条一条走宁乡铺，一条走麻子岭，均是小打小闹的蹦蹦车、小型货车的偷关捷径。从宁乡铺可绕过太平铺检查站，直插桃源县太平铺镇。三渡水村、海沙坪村、宁乡铺的村民偷关多走这条路，但其时，这些村的山上几乎已无树可砍。麻子岭这条简易公路因为离小桃源金矿近，是偷关者的首选。区站多半时候会到麻子岭去蹲守。

从官庄集镇穿过去，在官五公路（官庄至五强溪电厂）上行二三公里，右拐，进麻子岭的黄土公路，大约一公里就可到小桃源。小桃源是桃源县的地界，虽然是荒山野岭，山上除去灌木丛还是灌木丛，但不知哪一年开始突然变成了聚宝盆——山底下挖出了金矿。从此，"小桃源"成了金矿的代名词。打金洞子需要大量撑木，金老板们时不时放信到官庄来高价收购撑木。于是，荔枝溪、黄壤坪乡以及官庄集镇附近的村庄就不时有人用蹦蹦车或是小货车偷运木材去小桃源。

站在官五公路上就能看得到区站在麻子岭设立的林哨。一栋四扇三间的木屋，屋后是山，屋前是一条三米宽的公路，公路下面是一片水田。水田在屋前呈"L"状，一头从屋前如豆腐块一般一块一块地排到官五公路与麻子岭的交叉处，另一头从屋前进入另一个山冲。水田过去有一条一米来宽的水沟，长年四季被灌木遮蔽着。沿着公路过木屋后，上一个十来米的小坡，一块笔陡的赤红山岩像一道屏风一样，切断了山冲的去路，山冲似乎就此戛然而止了，其实不然，一个九十度的急转弯后，进入陡峭的峡谷，峡谷红岩笔立，狭窄幽暗，行大约一公里，是公路的尽头，也是官庄与桃源县太平铺镇小桃源的交界线。进入小桃源，车子就只能在溪里跑了。在我看来，麻子岭实在是一个鬼打得死人的地方。

虽然检查站与官五公路不过百米之遥，然而，车子一进入麻子岭，山冲里便有说不出的阴浸，如一道鬼门关。目之所及全是山，山上几无树木，当然，像这种铁红色岩石山，再过一万年怕也长不出树来。除去农忙时节，有农夫来山冲犁田插秧割稻，来来去去的就只有那些偷关者了。

木屋门檐下挂着"沅陵县官庄区护林检查站"的木牌，一根碗口粗的红白相间的木杠拦腰堵住公路。老街村冯老头长年住在这栋木屋，守这个护林检查站的杠子。杠子就是权力，权力就是金钱。冯老头跟人扯淡吹牛的时候，有一句话常在他嘴边溜达：此山是我开，此杠是我守，要想从此过，留下买路钱。不过，冯老头有没有徇私，守没守住杠子就不得而知了，况且，偷关的都是惯犯，好些都是好吃懒做的社会混混，冯老头根本没法一个人摆平他们。什么时候是冯老头一个人把守，什么时候区站去了一车人马，混混们把哨卡的动静摸得清清楚楚。有一次，向站长派了邓爱国和张业书两人去麻子岭，集镇上的一伙小混混送一车杉木条去小桃源，他们先是想用两包芙蓉王烟让哼哈二将开杠子，可两人根本不买账，要没收他们的杉木条，这伙小混混就仗着人多，跟邓爱国张业书打了起来，区站的人马闻讯后赶了过来，不想，小混混们也叫来了一大帮人，有人还拿着砍刀、鸟铳。这事后来惊动了县里。不过，区站也拿不出太多的人力财力常年守麻子岭，多数时间，仍旧由冯老头独自守着杠子。每年总有那么几回，冯老头会亲自去区林业站走一趟。这时候，站长向明洪便如追肉（围猎）一般，把我们悉数赶到麻子岭。当然，大多数时候，他自己也不缺席。

这天，老向又安排大家去麻子岭。从区林业站到麻子岭不过一支烟的功夫。冯老头见大家哗啦啦从双排座卡车上跳下来，双眼笑成了一条缝，起身从杠子旁的靠椅上站起来。我们一来，冯老头的工作就自动由守杠子变成了后勤人员。冯老头给大家泡茶搬椅子。麻子岭没有停车的地方，司机喝一杯茶后，便开车回了区站。几个人叽叽喳喳一阵后，敲定由我和伍宏波去水田对面溪沟边蹲守，其他人在木屋子里留守。守杠子抓偷关其实是最无聊也最悠闲的工作。不可能时时有偷关的车子过来，有时候通宵都守不到一辆偷关车。像今天这样的蹲守，我们绝大多数时间都是在打牌扯谈发呆。当然，女人们还可以打毛衣、绣鞋垫，男人们还可以下象棋、睡大觉。我认识太平铺木材检查站两个小伙子，一个下象棋特别厉害，据说，那小伙子每天值班多长时间，就下多长时间象棋，下了班，他就看象棋书。久之，他的棋艺大进，到后来，他能同时和几个同事下盲棋，同事们在值班室里摆几幅象棋，他一个人端了杯茶，一边看过往车辆，一边大声和同事们下盲棋。另一个小伙子打牌特别厉害，只赢不输，他值班就是赌牌。他家的房子，店铺门面都是他打牌赢来的。大炮筒子邓爱国在来的路上就向刘老板下了挑战书。刘老板是向明洪的老婆，喜欢打个小牌。麻将、三打哈、跑胡子样样不精，却样样不怯场，屡打屡输，屡输屡打。冯老头把桌子搬到屋当中，又从抽屉里拿出我们上次用过的跑胡子。刘老板、邓爱国、郭宏很快上了牌桌，拉开了战势。向明洪一进屋就开始逗弄老头儿养的竹鸡。竹鸡关在鸟笼里，不晓得是习惯动作还是惊恐，它不停地从鸟笼底层跳到食碗边的横梁，再从食碗边的横梁跳到笼顶下的一根横梁上，然后一刻不停，又从顶端的横梁跳到食碗边的横梁再跳到鸟笼底，如此反复，一刻都不消停，既不叫喊也不扑腾翅膀。它的眼睛角上有一根长长的蓝色尾线，看上去像水彩笔画出来的一样，十分妖娆，它的小黄眼睛也因此显得澄澈灵气。它盯着向明洪，像是在说，你走开，你走开，同时上上下下不停地跳。向明洪轻轻地学了一声鸟叫，然后，咧开嘴，像个孩子一样笑了。我和伍宏波喝完茶，一前一后去水田那边的溪沟。

麻子岭像个口袋，北风一阵阵刮进口袋里，我的头发像茅草般飞舞，眼睛、鼻子、嘴巴也像被风削掉一般。我俩耸着双肩下了公路，穿过田埂，来到溪沟边。溪沟许多地方已断了流，剩下一洼一洼水坑。溪水特别清澈，溪底的沙石能看得清清楚楚。我忍不住蹲下去撩拨，溪水清凉却没有风的凛冽。两人各自寻了一块石头坐下。我们一抬头就能看到官五公路的入口，而公路上的人却看不到我们。我从夹衣口袋里摸出烟来，给伍宏波丢过去一支，自己也点燃一支。伍宏波从出门走到溪边，一直有一句无一句地讲上一次守杠子打牌的纠葛，我也懒得插言，任他一个人讲得兴起，他那对牛眼睛不时盯一下我，我抿着烟咧嘴笑一下以示回应。这样的蹲守，时间是最难消磨的。一根烟吸完，伍宏波就坐不住了，起身到溪沟边翻螃蟹，没过几分钟，还真让他翻出一大一小两只来，丢在溪石上，看它们爬来爬去，不动了，又用茅草拨弄一下。我双臂抱膝，下巴搁在双膝上，打量着眼前的枯荣世间。只长灌木不长树木的山峦一到冬天便格外萧瑟，灌木、茅草以及纤细的杂树都叶黄枝枯，狄茅成片，开出灰白的花穗，天地间的色彩也因此愈发暗哑。

伍宏波是那种精明且不安于现状的人，他不时有新的想法，或者行动。他的鹰钩一样的鼻子、薄薄的嘴唇以及滴溜溜转的眼睛无不流露出灵泛、精明，让人一看就晓得外人轻易掌控不了他，也轻易讨不到他的便宜。他像花脚猫一样，没过半小时，他的屁股就像长了疮，再也坐不住了，到溪的下游撒了一泡尿，回木屋看邓爱国他们打了一会儿牌，喝了一杯茶，又磨磨蹭蹭地回到溪沟，跟我讲述木屋内赌牌的战况。

　　像这样的蹲守，我最耐烦。倒不是喜欢，而是习惯。我们一年有小半的时间都在搞林政执法。县里给官庄区林管站下达的林政税费指标任务年年递增。全县八个区，五十三个乡镇，其他区每年向县财政上交不过几万几十万，官庄区林业站每年都是三四百万，占县里林业税费的半壁河山。县里定多少，区站完成多少，从来不打折扣。向明洪最热衷的工作就是带领全站人员蹲点、守杠子、抓偷关、抓收入。向明洪当兵出身，人强势脾气又臭，他管理林业站也好，管理他的小家也好，全是军人做派，不，准确说应该是军阀做法。不过，现在想来，当年，他不霸蛮不军阀，许多事情还真不好办，许多人还真就如孙悟空一般会上天入地。当然，大家也都心知肚明，多抓几个偷关的，实际上就是为自己多抓一份收入。几年后，向明洪从区林业站站长的位子上退下来时，区站财务账上还余了一百多万。这是后话，不提。我想一会儿心事，看一会儿山水，打一会瞌睡，时光凝滞不前也好，如流水也好，似乎都跟我没有多大关系，我耐心地等一个偷关者，不管他来还是不来，我都在这里，不徐不缓，不蔓不枝，吃一根烟，再吃一根烟……

"突突"的三轮车响声几乎同时将我和伍宏波的目光拉向麻子岭的入口处。"来了一条小鱼。"伍宏波用对讲机通知了木屋里的人。两人一前一后从溪涧下钻了出来。三轮车远远看到木屋的杠子是打起来的，木屋门紧闭，以为冯老头不在，不由得窃喜，加大马力往检查站开过来。邓爱国和老刘从木屋里走了出来，打下木杠，我和伍红波几乎同时也从田埂上爬上公路。三轮车司机木然地看着从天而降的我们，张开的嘴巴半天没有合拢。邓爱国举着"停"字牌示意他停车。三轮车司机将车停在路边。我绕到三轮车厢后边看了看。一车杉木条。最大的也不过八公分。像这么小小的杉木条也砍下来卖的多数是荔枝溪人。自山林责任到户后，每个村民都有一片山，只要不是成片砍得让林管站晓得，谁管你砍一根树两根树？况且，有些人专砍别人山上的树。每个村总有一两个这种偷关的人，这些人最大的本事就是胆子大。

　　我与车里的三轮车司机对望了一眼，示意他下车。司机穿一件深灰色皱巴巴的西装，肩膀上有厚厚的一层泥巴，显然是扛杉木条留下的泥印子。三轮车司机从车子上跳下来，他紧抿着嘴唇，看看这个，看看那个，一副十分无奈无辜的样子，却又在极力地忍着。没收木材，罚款两千。大炮筒子邓爱国极其轻松地高声道。其实他这车杉木条最多也只值两千块钱。大家看了看站在门口的向明洪。向明洪绷着脸说了一声，先把杉木条卸下来。刘老板惦记着未打完的牌，率先进了木屋。伍宏波指了指木屋旁边的小块空地，示意三轮车司机将车开到那里去卸车。三轮车司机在车子边磨蹭着，既不上车，也不说话。向明洪进了屋。几个打牌的人也跟着进了屋。三轮车边只剩下我和伍宏波。三轮车司机上车发动了车子。车子往路边开，我以为他是要转弯，扬手示意他直接开过去。未开得一米远，车子的前轮陷进了路边的沟里，然后熄了火。三轮车司机从车窗伸出头来道：麻烦你们在后面推一把。伍宏波大声道，你这个水货，你打什么方向盘啰。说完往车子后面走去，我也走到车子后面帮忙。车子又突突地响起来，显然，司机一脚将油门踩到了底，三轮车一下跳出了水沟，排出一管长烟，像离弦的箭一样向前冲去，我和伍宏波还未回过神来，三轮车已上了坡，离我们有十来米，我俩追了几步，可哪里追得上疯跑的三轮车，一转眼，车子就冲到屏风一样的山岩下转一个弯不见了踪影。屋里的人听到了伍宏波的喊声和车子的响声，都跑了出来。向站长看着扬尘而去的车子，对着我和伍宏波吼了一声：你们搞……搞……搞什么搞嘛。伍宏波红着脸解释了三轮车逃跑的经过。今天晚上你们都不要吃饭。向明洪扔下话转身进了木屋。邓爱国对刘老板做了一个鬼脸，几个人也不敢再进屋打牌。这一个上午再也没有来一辆偷关的车。大家郁郁闷闷挨到中午，向哥开车来了。向明洪虎着脸说了声，回家。大家一窝蜂跳上车。

麂子的味道

　　野生动物保护也是区站要兼顾的工作之一。在既不要搞规划设计也没去守哨卡抓偷关的时候,我和同事们一起到官庄集镇或是319国道沿线的餐馆酒店突袭检查。集镇是官庄区六乡一镇的货物集散地。地方上的特产都必须经由319国道,过官庄方能运送出去。官庄集镇上的野物贩子也不多,不过两三家。农户捕获野物后的销售途径有两条:一条是卖给当地餐馆或个人,一条是卖给野味贩子。严格地说,国家并不允许野生动物的捕捉和贩卖。贩子们持有的经营许可证不过是野生动植物的经营繁殖许可证,这其中其实是有很大区别的。打个比方,贩子们可以办养蛇场、办养鸟场并进行经营销售,却不能直接贩卖山间捕获来的蛇类、鸟类。然而,一条菜花蛇,谁能分清它是野生的还是人工饲养的?一只小竹鸡谁又能分辨它是家养还是林中捉来的?贩子们钻的就是这个空子。各乡镇到官庄的班车都停靠在供销社至车站的公路两边，我们无事人一般在街上游荡，或是坐于某家店铺门下，用火眼金睛去辨识山民手中的蛇皮袋里是些什么"货"。这些"货"多数是蛇、青蛙、"绑绑"（书名称蟾蜍）、竹鼠、金鸡，有时候也会遇上花狸、刺猬之类。有一次，我和邓爱国抓到一个卖五步蛇的农民，六十多岁，他以为我要买他的五步蛇，热情地打开蛇皮口袋让我看他的"货"，并对我说，为抓条五步蛇，他差点掉落悬崖。他又说他娘老子病倒在床上好几天了，急着用钱，他可以便宜一点卖给我。我亮出证件将他带到区站，他还不知道我是什么意思，乖乖配合到站里做问话笔录。我告诉他，出售国家野生动物是犯法的事，不仅要没收他的五步蛇，按规定还要罚款。他一下懵了，提蛇皮袋的手也禁不住打哆嗦，眼巴巴地看着我，那副无辜贫苦的样子，我都不知道说什么好。

有时候，我们会接到乡站的举报电话，被举报的多数是二道贩子。从农户那里成批收购，然后转卖给官庄有贩卖证的野物老板。多数的时候，会是几十斤"绑绑"或是一蛇皮袋的蛇。如果是活物，我和同事们会"就地"放生。这个"就地"是指区站的那片酸枣苗子地。重获自由的蛇们从蛇皮袋里解放出来后，便漫无目的四处逃散。有一回，我们放生的第二天，一墙之隔的农行家属楼传来尖叫声，有一条大菜花蛇翻过区林管站围墙，爬到了农行住户家的厨房窗台上。向明洪做站长的那几年，我自己也记不清在区站内放生过多少袋蛇和"绑绑"。

自然，我们也会偶尔开荤吃野味。吃得最多的就是野猪和麂子。麂子又称野山羊，味道没有山羊的膻，肉质也比山羊鲜嫩，是我们这里招待贵客的一道主打菜。初到区站几年，还吃过许多次蛇肉。有一回，我们没收回来一条受伤了的五步蛇，有人又从马底驿养殖场弄来了几只王八，一大锅子炖了，全区的职工家属都去吃，食堂还备了酒。那次，香草也去吃了，这也是香草在区站吃的唯一一次野味。不想，吃过后皮肤过敏，浑身奇痒无比。隔几年，省林科院的专家来官庄搞调研，单位为了表示盛情，请专家们吃蛇肉。一位专家拿出他的千倍放大镜让我看已煮好了的蛇肉，我看到有无数的像蛆虫一样的东西在蛇肉里面爬动，我当场就呕了。自此，我再也不吃蛇肉。

区站有时候也去319国道沿线的餐馆做突袭检查。319国道边的餐馆留住顾客的法宝就是野味和小姐。小姐自然是做那种事的。大多不是本地人，来自茶庵铺或是其他什么地方，二十来岁，一个个嫩藕一般。而野味百分百是当地人上山捕获来的。国道过了常德桃源，便进入《湘西剿匪记》里的湘西地区。抬头是大山，低头是深壑，遮天蔽日的峡谷，清澈如碧的小溪。又有土匪、苗蛊、赶尸等等神秘的传说，蛊惑着每一位长途货车司机，以为湘西实在是个稀奇而不可思议的地方。当然，未晚先投宿，鸡鸣早看天。他们都有名正言顺的理由：马鞍堂、青峰山、牛儿垭、七步弯……哪一处都是阎罗王设下的陷阱，他们得停下来，检查一下他们的发动机和刹车，给水箱加满水，最重要的是，他们已出来不少日子了，受够了一天到晚绷着神经，手握冰冷的方向盘，他们饱胀的雄性荷尔蒙需要释放。那些长途货车司机，北方的南方的，广东的山西的，天下的客栈都是他们的家。一壶米酒、一个野猪肉火锅、一个嫩藕一样的女子，在这个神不知鬼不觉的山林里住一夜，没有比这更神仙更快活的了。他们来了一回来两回。每到了冬季，这段319国道上的餐馆便愈发热闹起来。餐馆里的小姐们都如乡村的山货一样在坪场里、餐馆的小溪边翻晒自己，展览自己。319国道边有溪，溪边有长长的河滩，在阳光温暖的日子，餐馆的小姐们会三五成群坐在浑圆的卵石间晒太阳，她们的身后芦荻茂密灰白如狸毛，而小姐们一个个也成了狐狸精，媚惑着过往的车辆。南腔北调的货车司机是猎人，也是猎物。明明还不过下午三四点钟光景，他们下不去常德落脚，上不到吉首铜仁过夜，独独就选中这深山老林。原本，冬天的乡村是静寂而萧条的，但大货车的到来，公路边的乡村也都变成了花花世界。曾经有一段时间，当地政府甚至默许将这一段国道线设为"红灯"区。这又是一个诱惑。离319国道不远有一个金矿，矿工们白天在矿洞里挖金子，到了夜晚，便开着摩托车，成群结队到这些餐馆来吃野味、找小姐。一些胆子大的地方公职人员也会偶尔来尝尝鲜。我认识一个乡政府的副乡长，也认识那个副乡长的老婆，很恩爱很般配的两口子，但副乡长长期在七步弯的一个餐馆里包了一个小姐。真所谓外面彩旗飘飘，家里红旗不倒。

林场一年

　　我儿子出生那个夏天，区林业站买了招武岗林场。站里让每一位职工入了一份股，当然，股份的大头在区站。

　　向明洪决定全站人员上林场砍树时，香草尚在月子里。结婚前，我是扫帚倒在地上都不要捡的人，从来没有煮过饭炒过菜，如今要我服侍月婆子真如逼着黄牯下（生的意思）牛儿。我请同事从菜市场买了精肉，香草要我做精肉汤，我不知道如何下手，坚持要她起床自己做，香草气得哭。儿子刚洗澡，香草尚未给他穿衣，儿子躺在床上朝天撒尿，我情急中用毯子接尿。向明洪准了我一天的假，我把我娘接来服侍香草坐月子。我娘性子烈，人强梁，千丘田那边家里大小事务都是由她当家做主。她初来与我们同住，哪里耐得住天天洗尿布服侍媳妇孙子的日子。况且，一切电器化的东西，她都不会使用，香草好不容易教会了她，有一天停电，她竟然自作主张把电饭煲放到液化气灶上煮饭，把电饭煲外壳烧掉半截，还差点引起大火。她讲千丘田方言，香草能听懂的不过十之一二，她常常唧唧咕咕跟香草讲半天，香草不知所云。她向我抱怨，说香草对她爱理不理。她刚住一个星期，便不管不顾跑回了千丘田。我没法，又从林场赶到千丘田把她接到官庄。香草一满月，我娘便不告而别。我们在林场一去就是一个月。香草的月子坐得清冷抑郁，比产前瘦了许多。孩子满四十天后，我送香草和儿子回湘中的丈母娘家。我一心一意去林场砍树造林。

　　林场地处楠木铺乡的双合坪村，翻过林场最高的一座山峰，便是长界乡的茅坪村。虽然林场与区站相隔不过七八十华里，但交通十分不方便，山脚下尚有一条小机耕道通往319国道，上山路则完全是羊肠小道。我们在林场砍树时，连个落脚处也没有。我们在树上搭棚居住，在树下挖坑埋灶煮饭。晚上点煤油灯，燃枞膏。司机向哥隔日送菜上山。我们组织山民砍树，运木。杉树大的胸径不过二尺，小的只有一尺二左右，原本这些树还可以蓄积三五年砍伐最好，可是，谁都不想等，也不敢等。大家都说，世界变化那么快，谁晓得三五年后是一个什么世道？职工的股份也不是小数目，都想早一点收回成本。我们使用最古老原始的"滑道"和"放排"运木方式。在陡峭处砍一条"滑道"，将木材一根根滚下山崖。崖下即是双溪。山民用尖嘴斧在木材基部啄一方形水眼，然后用桎木（白花檵木）条横穿，每十至十五根一排，尾端用藤相系。木材成排沿溪而下。双溪溶窄流急，乱石兀立，七拐八弯，愈往下游，水流愈浅，山民们不得不背纤拉木，至双河坪村，木排便全部搁浅于溪滩，我们再用货车沿溪运出去。傍晚，我们下山洗澡，又弄来炸药，在溪潭炸鱼，"砰砰"的巨响震得山鸣谷应，鸟飞云坠，待浪平潭静，溪面上浮上来许多大大小小的翘鱼、鲫鱼、麻镰刀鱼，足够我们煮一锅鱼汤，大醉一场。喝了酒的我就会记起远在湘中的老婆，以及初生的儿子，在煤油灯下对着儿子满百天照的相片傻笑。香草带着儿子从娘家回来时，儿子已半岁，胖嘟嘟的，我喜欢得不得了。

冬天，区站在山上买了一栋木屋，又从站里抽出两人轮流上山守林。林场是比寺庙更安静清寂的地方，没有人肯去。首先被向明洪打发上林场的是郭宏和邓爱国，第二年便轮到我和广平。纷繁的世间有时总会无以立锥，无处藏身，这时候，大山张开他宽厚的胸怀接纳每一位投奔者。香草单位不太忙的时候也会上山小住。

区站还从双河坪请了一位姓郑的老头和我们一起守林场。郑老头一般每天早上来，晚上回去，很少在山上过夜。邓广平的家在县城，向站长没有千里眼，管不到他，他一年有多半的时间在他城里的家里。多数时间里，林场只有我一个人。我们喂了一群鸡、一群洋鸭子、一头猪，还有一只小狗（香草后来将它取名为桑坦那）。林场房前屋后有大菜园，我们依了季节的顺序栽种萝卜、白菜、南瓜、豆角等菜蔬，除去偶尔从山下带些鱼肉荤腥菜，蔬菜倒也能自给自足。

大山的天，黑得早，亮得迟。每天，晨曦微现时，我就起床，洗漱后，立于坪场点燃一根烟深深地吸一口，看极目处的云海与天相连，无论晴天的早晨还是雨天的早晨，那些云海总在那里。不过，我发现，晴天的云海雪一样白，而雨天的云海烟雾一样灰，但无论灰云海白云海都那样厚实，神仙们可以在上面来去自如。

有一些山尖露在云海之上，因为远，也因为云海的灰白，所以，山尖尖也是灰蒙蒙的。要是雨天，那些山尖便湿漉漉的，像一方高举着的砚墨。我有时候傻想，造物主画天画地画万物，是不是用的这一方砚墨磨的墨汁？我边吸烟，边将鸡呀、鸭呀、猪呀从笼子里放出来，赶到屋后的山林里去，让它们变成野兽，自己觅食，自己养活自己。而我则带上"桑坦那"去山林里转悠。有一条小路延伸进丛林的深处。山林里一年四季一天到晚都是静寂的。其实，山林里有无数的生灵：麂子、野猪、竹鼠、野兔、蛇、百十种虫子鸟类，但它们都安安静静地生活在各自的天地里，互不打扰，老死不相往来。倒是那些花儿，把山林开得热热闹闹的，泡桐、油桐、香樟、女贞子、槐树、栗树、松树……我注意到山林里大多数的植物其实都是开花的，只不过有的先开花后生叶，有的先长叶后开花，有的花叶两不相见，有些开得细碎，有些开得朴素，有些开得张扬。山林中绝大多数乔木我都认识，也叫得出绝大多数灌木丛的名字。在山林里转悠的次数多了，我晓得哪一处地方的野果子快熟了，哪一片枞树林里有枞菌。山林里的野果子太多，各种刺莓、樱桃、山梨、猕猴桃、八月瓜、牛奶子……除去山林的鸟儿，没有人跟我抢那些野果子吃，所以，我从不急着采未熟的果子回去，总是等下山的前一天，才去采一袋带回去给香草和区站的同事们。

我常常好久才下山一回，但并不觉得孤寂，并不挂念山外的世界。我的日子清寂如水，同这山林一样。我的时间概念是日出日落白天黑夜。我没有手表，区站年前买的挂钟因没了电池，老早就停摆了。太阳和月亮就是大自然赠送给我的两块手表，我看日头的转动、月亮的起落以及我自己的生物钟来确定时间。除去造林和抚育季节，我要请村里人上山做工，其余时间，我的工作就是在山林里四处转悠，看有没有人盗伐林木，有没有牛羊偷吃才栽下去的树苗。我原本就是慢性子人，在山上，无人管理和限制，我的性子就更加散漫了。我在我自己的时间之溪里慢慢徜徉。我有的是时间，做什么事都不急，今天做不完，可以明天做、后天做。我慢慢地砍柴，砍完一截木头，就停下来吸一支烟，或者去煮一壶茶喝。我在林场吸烟更厉害了，从山下带来的烟几天就被我吸完了，过路的一位老人给我留下一些自种的烟叶，我就用报纸卷烟吸。旱烟极烈，一开始，我吸不惯，边吸边不住地咳，过些日子，我就习惯了，再吸买来的香烟，就感觉味道淡淡的，不过瘾了。在山上的一年，我干脆就吃旱烟。常常一边喝茶吸烟一边望着周遭的山林，偶尔会有一只长尾鸟从林中飞出来，也不叫唤，落在坪场的柴堆上，与我对望一阵，又飞进山林里；或者三两只蜜蜂，五六只蝴蝶在我的身边绕来绕去，"桑坦那"正觉无聊寂寞，亦去追这些精灵。其实，我知道，我在一只山鸟、一只蝴蝶的眼里，也只是一只四肢动物，和它们一样，住在山林里，享受阳光，享受山林给予的一切，享受生命的风雨及温暖。

遇上落雨的天气，我不能到山林里四处游荡，也不觉得日子难过，我自己跟自己打跑胡子，一个人抓三副牌，假设我的对家是广平和郑老头，我出了自己的牌，再帮他们俩轮流出，我按我手里的牌来打牌，该广平和牌就让广平和牌，该郑老头和牌就让郑老头和牌。我自己跟自己打牌，既不觉得无聊也不觉得腻味，相反，一个人玩得津津有味。并且，我不断从三副牌的出牌当中，总结和牌的经验。我原本做事就慢条斯理，一个人打三个人的牌，我更是不急不躁，就如戏台上一个人同时扮演三个角色，把那些清冷的时光演绎得饱满而繁复。这在外人看来似乎不可思议，我并不这么想，我觉得人活在这个世界，其实多数的时候我们都是一个人，独自做事，独自思想，自己跟自己相处，自己做自己的摆渡人。这个世界再是热闹喧嚣，属于自己的其实很少很少。我们就如这莽莽红尘的一粒尘埃一样，再是纷纷扬扬，终归会尘归尘，土归土。

招武岗林场有一片好大的板栗林。板栗落果的时候，香草上山来捡板栗。

秋天的山林是个丰硕的童话。牛奶子、野葡萄，猕猴桃、八月瓜都是大山用来款待香草的果实。刺猬一样的板栗果球裂开了口子，油亮的板栗从果球里逃出来，蹦到地上，躲在枯叶间。香草像工兵一样在草丛中搜索，不知不觉间便捡了半袋子。香草喜欢吃板栗，没想到，在山林里捡拾板栗更让她喜悦。那是一种沉甸甸的收获的喜悦。待我们从沉迷的寻找中抬起头来，发现秋阳不知何时已西沉。山林昏暗静寂，远处绵延群山悄悄隐没，天与地，天与山林渐渐合拢。苍穹低垂，星宿寥落，天灯幽暗。山间的夜晚气温骤降，呼呼的山风是森林里的魔鬼，张牙舞爪地在森林里横冲直撞，疯狂地摇晃着屋檐下悬挂着的豆荚树。郑老头杀了一只大公鸡，又从后山采了许多枞菌做夜饭菜。我和香草端坐于火塘前，呆呆地看火塘里的松枝"噼啪"作响。微弱的灯光是这片森林闪烁的眼睛，也是通往现实世界唯一的隧道。投进大山的怀抱，任何生活中的抑郁和压力这时候都会得到沉淀、淡薄和化解，一如在这山林里生活了几十年的山民，与爱人结庐而居，种豆、钓鱼、劈柴、弄笛，与动物为邻，感受山林四季的变化，日子简单而馥郁，孤独而芬芳，闲适且安逸。

当然，我也有犯难和苦恼的时候。我不会炒菜，通常郑老头下山之前都会给我预备一大碗菜。郑老头和邓广平时常好几天都不上山来，我又不敢下山，不敢让林场唱空城计。可是，我的肚子也不允许我一天到晚唱空城计。虽然火塘上挂着大块的腊肉，我就是不晓得要如何洗、如何切、又如何弄熟，没有办法，我就只有拌酱油饭吃。偶尔，会来一个上山打猪草的女人，我如获至宝，跟打猪草的女人交换，请那女人给我炒菜，我则替那女人去打猪草。有时候，会有穿过林场去茅坪的村民，我极力挽留住，给过路客敬烟倒茶，完了，再请他给我炒两碗菜。当然，我会邀请帮我炒菜的人一起吃顿饭。

我偶尔也去林场最高处的一座坟墓边坐一坐，砍一砍坟上疯长的野草。区站买下招武岗林场的时候，向明洪站长给我们讲了林场的历史。1965年，楠木铺乡林业员张仲瑞牵头筹办双河坪村招武岗林场。建场初始，林场条件艰苦，入不敷出，场员们经常饭都吃不饱，纷纷离去。张仲瑞的工资原本一个月就不足三十元，场里还常常拖欠，好些年他一年只有半年工资，家人都劝他下山，他老婆甚至痛骂他，说他苕。当年县里"社社办林场"就像一阵风，没几年，绝大多数乡办林场便销声匿迹了。张仲瑞脾气犟认死理，没觉得自己吃了多大的亏，也没觉得植树造林有多苦。他把林场当成自己的家。一次，一位公社干部在林场砍了两蔸杉树，他不顾情面，把那位干部训斥一顿，并当场没收了杉树。他苦心经营，坚守12年，造林1500亩，全部成林，林场木材蓄积量两万立方米。楠木铺公社看他办林场有经验，1976年，调他到高沙坡新建的社办林场担任场长，彼时，张仲瑞虽已年过花甲，仍带领四十二个场员在大山深处住窝棚，吃苞谷，两年造林四百亩，终于积劳成疾，在生命的最后时候，仍念念不忘招武岗林场，留下遗言：我死后，请把我埋在林场里，我要好好看守这一片林子。这两年，我们砍伐的树木正是当年张仲瑞造下的林。我觉得像张仲瑞这样的人，才是真正的林业人，是纯粹而心无杂念的人，他用赤子一样的情怀热爱山林，投身山林，他是大山的主人，他亦是大山的儿子。从某种意义上来讲，是张仲瑞成就了招武岗林场，成就了区站的第一份产业。老实说，我亦喜欢山林，热爱山林里的每一株植物，每一只动物，喜欢林业工作。我晓得自己不会在这大山里待太久，我会下山，回到官庄，甚至去到更远更现代的城市，但不管我身处何方，我都会是一个林业人。我没有太多的想法，只想砍下一棵树后，同时又栽下一棵苗。

夏天的傍晚

夏天的傍晚，是区林管站最热闹的时间。

晚饭过后，女人们陆续聚集到食堂边的水泥坪场里，洗澡洗衣。向明洪做站长的那些年，站里没有食堂，但供应热水和开水。不过，没有专人烧水。清早和傍晚，谁先去食堂，谁先把火烧起来。大多数时候是周姐。周姐是向智勇的老婆，原先是供销社的职工，供销社改制后，周姐和她同事张姐一起承包供销社的布匹柜台，既卖布也卖床上用品。周姐结实圆浑，高不过一米五左右，腰围有二尺六七，站柜台的时候，时常穿一件长过膝的蓝色工作服，隔远看，就像有一捆蓝色的布一天到晚在柜台边滚来滚去。我老婆香草和伍红波的老婆舒国萍不会生火，永远只有坐享其成的份。当然，不管是哪一个，只要看到灶坑边没有柴禾了，都会主动到柴棚搬些木柴，往灶里添一把柴。木柴是从木材加工厂运来的边角废料，自然是不花钱的。烧水的铁锅不晓得用好多年了，黢黑的锅盖因为长年的浸泡水煮，边边角角的木质已非常松散，轻轻一掰就会成块掉落，锅底有厚厚一层土黄色水垢。铁锅一次可以烧三四桶水，水龙头就在锅台边，谁舀水后都会将锅里添满水。偶尔，谁忘记加水了，刘老板发现后，立于食堂门口，仰首大声吼叫道：是哪一个舀水不晓得添水啊？是成心想把锅子烧烂还是成心不想让大家用水？大家都不作声，让她吼几声。过一会儿，总有人会挑一个话题出来，你一言我一语，边洗衣边扯淡，刘老板也没事人一样参与到大家的聊天中去。话说三个女人一台戏，其实，戏真戏假，戏多戏少，时间长了，在各自的角色里总会有突出的一面表现出来。比如，刘老板表现出来的是强势，而陈姐是木讷，冬姐威严，沈大萍大方，香草谦和，周姐贤惠……但这些特征都只是她们的一个方面，她们的内里远远要复杂纷呈得多。各自的人生阅历悟性慧根不同，对世事体察的目光和深度也各不相同。不过，她们有一个方面却是一致的，那就是——对于这个世界有着深刻的世故。或许是老虎一样的向明洪的缘故，区站的女人们谁跟谁都不是死铁，谁跟谁也都不是死对头。我在区站十二年，女人们从未扯皮吵架，即便内心有些芥蒂，相互间也都客客气气。这实在是难得。澡堂虽然有两间，男人们一般总是最后洗，但我从来没有看到陈姐的丈夫老魏下楼洗过澡。老魏原先是官庄木材公司的经理，后来，木材开放，木材公司的命运急转直下，全体职工连同经理在内，一夜之间统统下岗。不过，老魏下岗并未失业，做过经理的人，恰是如鱼得水，放开了手脚赚钱，木材生意做得风生水起，频频往来于武汉、福建，最先淘得了单位改制后的第一桶金。常年有木材老板在他们家进进出出，老魏也是大腹便便，一副老板的派头。

　　每天傍晚，强强、枫、卓三个小男孩还有后来的郑开仙的女儿蕾蕾都会到水泥坪来洗澡。卓是伍红波的儿子，和我的儿子枫差不多大。舒国萍在卫生院上班，不是早班就是夜班。卓多数的时候住在金矿他爷爷家或是外婆家。卓讲一口金矿话，他不像枫，是归于乖孩子的那一类型，大家问一句他才答一句。而枫像根搅屎棍一般，时不时会趁大家不注意做些坏事。他三四岁的时候，把保姆切好的菜放进开水瓶里，把周姐家脱在门外的鞋子一只只从三楼丢到一楼，把陈姐家放在走廊外的鸡笼门打开了，让才买来的大公鸡从二楼飞走了。老魏气得半死，捉住枫，说要把他的小鸡鸡割了下酒。枫坐在大澡盆里的时候，大家都会逗一逗他，他倒很配合，不哭也不发火，一副懵懵懂懂的神态，让人爱不得恨不得。每天，陈家姐的半哑巴女儿虎虎也会下楼来洗澡。虎虎已是十几岁的大姑娘了，五官棱角分明，苗条高挑，因为听不到尘世间的闲言碎语，她的神情永远混沌而清纯。每一个人都不晓得虎虎的未来在哪里，都暗暗替她担忧，但谁都闭口不谈。她是陈姐和老魏心里永远的痛和无奈，谁会去戳那个伤疤？区站没有用自来水公司的水，天楼上有一个蓄水池。为了节约用电，大家平时洗衣都是用桶子直接从水井里打水。水井过去就是围墙，围墙后面是一条水沟，区医院的污水就是从这条沟里流出去的。后来，有人说，水沟里的污水浸进了井里，这井水其实是吃不得的。水井旁边有一株菜碗粗的杨梅树，从不开花也从不结果，一年四季一味地葱郁着，也从未有人提议要砍掉它。周姐时常会叫嚷着这里痛那里痛，我给老婆帮忙打井水洗衣的时候，也顺带给周姐打水。

　　女人们洗衣的时候，老向也会到坪场来逗逗几个孩子，这个时候的老向顽皮而风趣，像个老顽童，鼓动孩子们去干些"坏事"，"挑拨"孩子与父母的关系。有一次，陈姐给强强洗澡，一边用澡巾用力搓他背膛，一边骂他不讲卫生，洗澡水变肉汤水了。待陈姐进食堂提热水，老向蹲在强强身边一本正经道，强，你晓得你妈妈为什么只喜欢你虎虎姐，而不喜欢你吗？因为你就不是她亲生的。你是你妈从河边捡来的。强强半信半疑地看着老向。老向继续神神秘秘道，你想想啊，计划生育规定单位上的人都只能生一个孩子，你看这院子里除了你家，谁家不是一个小孩子。你要是你妈妈亲生的，她还不早就被开除了。旁边的周姐这时也眉开眼笑搭讪道，不要说你妈被开除，向伯伯是站长，也会跟着受处分呢。这时陈姐提着水出来，强强死活也不肯坐到澡盆去了。陈姐气不过，在他的光屁股上啪啪就是两巴掌。强强"哇"的一声大哭起来，边哭就大叫道：我不要你了，你不是我妈，你不是我妈。坪场里的女人们都笑嘻嘻地看看强强，又看看老向。刘老板看不下去了，操起嗓子对强强道：强，你怎么这么苕（笨的意思）啊，你向伯伯逗你呢。你看他几时（何时的意思）跟你讲过真话啊。强强这才止住哭声，听任陈姐把他强按到澡盆里。老向没事人一般去菜地边转悠。待他转来，强强隔了老远用土疙瘩砸他。老向也不示弱，躬身拾起泥块反击。枫儿、卓儿觉得好玩，也参与进去，几个人打老向一个。不一会儿，孩子们都变成了泥人。澡白洗了。

菜园·苗圃·草坪

枫儿三岁的时候，香草带着儿子搬到官庄区林管站。这时候，香草已慢慢适应官庄生活，工作也比较悠闲，区站刚好给每个职工分了一块菜地，不下村的日子，香草就和站里职工家属们一起侍弄菜园。

我和香草都没有种菜经验，不过香草很会跟在大家后面依葫芦画瓢。第一次整地，冻结了一个冬天的土地铁板一样硬，香草使出吃奶的力气高高举起锄头挖下去，然后用力一撬把土翻过来。外行看热闹内行看门道，香草的架势看起来动作幅度大，一副卖力的样子，却全不得挖地的要领。还没挖得几下，她的手心里起了个水泡，跑去给一起挖地的陈姐看，陈姐说她把锄头握得太紧。香草试着轻轻握着锄头，可又使不上劲。我站在楼上看了好一会儿，估计香草这样下去一天也整不好那块地，便跑下来接过锄头，说让她看看农民儿子的本色。陈姐看我高高挽起裤子露出白白的腿，笑我不像农民的儿子，是白腿书生。白腿书生当然比香草好不到哪儿去，最后手心里也满载着水泡才算把那一分地整好。

春天是播种的季节，香草把所有的热情都播种在这块菜地里。香草真是野心不小，想种下整个春天，把那块不足一分地的菜园划成一小格一小格，这一格种豆角，那一格栽茄子，这一格种黄瓜，那一格栽西红柿，辣椒、甜菜、丝瓜、苦瓜，样样不缺，最后还围着菜畦栽了一圈苞谷，算做是篱笆。香草是个做什么都认真的人。自从有了菜园，香草没有哪天不去地里转悠几回，菜园成了我们家的菜篮子，也成了她和区站女人们的每日话题。大家一起浇水施肥，锄草松土，菜地里找不到一根杂草，都被消灭在萌芽状态了。当然也有难侍候的菜，比如丝瓜，刚栽下去的丝瓜秧看起来鲜活粗壮，先一天傍晚还是好好的，第二天早上去看，苗叶上面被小虫子吃了很多小洞洞，叶子之间还结满了蜘蛛网，香草赶紧去请教陈姐和刘老板，又是撒柴灰，又是撒杀虫粉，丝瓜苗最后还是死了。香草为此心疼了好几天。当然，一分耕耘一分收获。春天里最先回报我们的是甜菜，外出几天归来，青翠欲滴的甜菜已长得一尺多长，吃起来硬是比从菜市上买回来的新鲜香甜得多。其他的菜儿也慢慢地长大，分批挂果，长豆角藤缠着木架子不住地往上蹿，一串串的豆角几天换个样：像手指那样长，像筷子那样长，像直尺那样长；茄子秧分明比阳台上的花草好看，紫色的叶子细碎的花儿，再结出乌紫的茄子；黄瓜好吃也好种，贪心的香草多种了两棚，我们家的黄瓜便成了灾。香草摘了一满桶回来，老的嫩的通通洗净后切成片，在太阳下暴晒一天，用盐腌一夜，第二天继续在太阳下暴晒一天，加姜末、蒜末、辣椒末，放进上水坛子里，冬天拿出来炒肉吃，又香又辣又脆，比萝卜榨菜好吃到哪里去了。香草种菜那几年，厨房里有五六只菜坛子，夏天的豇豆、辣椒，冬天的萝卜、青菜，吃不完的统统做成干菜、盐菜、腌菜和酸菜。居家过日子，要的是菜吃，要的是细水长流的划算。

又两年，向明洪站长把菜地全部收回去育酸枣苗和竹子苗。我和同事们从深山里收购来几十蛇皮袋酸枣，堆在厕所边的杂房里，过些日子，酸枣开始腐烂发酵，站里终日氤氲着枣子又酸又臭的气味。待酸枣的果肉全部烂透，区站全体职工穿上套鞋，在坪场把酸枣的果肉踩掉清洗干净。播种是我的专职。那天，我把枣核处理后一行行播在地里，盖上土，再在上面撒了一层复合肥。我做完这一切后，便去了马家坪的苗子地。向站长去地里转悠，看到裸露在外的复合肥，勃然大怒，从杂物间拖出长长的胶皮水管，一边浇水一边痛骂我。出口办三个人坐在办公室，大气也不敢出。傍晚，等我回来，站长又将白天骂过的话原封不动地骂了一遍。原本我也是按书上的步骤严格操作的，但我没敢说半句，站在苗子地边老老实实让他骂了个痛快。没有了菜园可种，香草省却了许多农活，却辛苦了区站职工。区站在马家坪另外租田十数亩育苗。老站长像个生产队长，带领全站职工，酷暑严寒风里雨里，播种、薅草、杀虫、起苗，早出晚归，一个个宛如辛勤的农夫。即便出口办冬姐、陈姐、刘老板三个女人也未能逃脱。那个夏天，全站人都晒成了关公，但谁也不敢多半句嘴。

时间进入新世纪后，向明洪站长退居二线，年轻的新站长上任，我们再也不要没日没夜地守杠子抓偷关，也再没有在马家坪租地育苗，工作清闲了许多。新站长标新立异，要建花园式单位。

区站的铁门重新用红漆油过，在大门口摆了一排青郁铁树，又下令各家的阳台上都要种二十盆花，连单身汉们也不能例外。于是，一夜之间，家家阳台摆满花盆。至于这些花草的来历还真是有的说。县里各大苗圃花圃都是林业局的二级机构，新站长开了卡车领了一班人马去了趟县城，带回来一车的花花草草。虽然尽是普通的品种，倒也花鲜叶翠，品种繁多。光是带"兰"字的花草就有好几种：建兰、君子兰、葱兰、吊兰、蟹爪兰，还有开花开得香满庭院的九指兰。其他诸如蔷薇、茉莉、杜鹃、夜来香、茶花、太阳花、绣球花以及能开出黄色的白色的各类仙人掌和大如篮球小如乒乓球的仙人球，还有一些我家后来养了好些年却一直叫不出名的花花草草，我也懒得去刨根问底，只看到年年花开艳艳。

　　不仅如此，新站长把天楼也打扮了一番，请人搬了二三十个大水缸上去，把每个水缸里挑满肥土，站长亲自将迎春花种子撒下去。水缸放在天楼的水槽边，水槽与天楼顶之间有半人高的水泥墙隔着，大家都没有留意天楼上的迎春花。不晓得哪一天开始，迎春花藤悄无声息地爬出缸外，又不晓得是哪一天，天楼的屋檐边垂满了金黄的迎春花，像一道长长的金色瀑布，又如一道艳丽的花帘，从天楼一直垂到三楼的阳台，使得斑驳老旧的楼房一下子清亮鲜艳起来。集镇上的居民，从区站大门口经过，都会驻足仰首观赏一会儿。我们家住在三楼，衣服铺盖都放在天楼上晾晒，香草几乎每日都要去天楼，即便无晾晒之物，香草也时常搬了竹椅闲书上天楼，春天晒太阳，秋夜乘凉、赏秋月，偶尔和我吵嘴，无处可去，也到天楼去发呆，打发愁绪。不过，这个时候，天楼上的流金美景全不在香草的眼里吧。

至于那块菜园，不育树苗，更不让种菜，种上了不知从哪儿引进来的草皮。到了夏天，草皮和杂草一起疯长，很快没过膝盖，怕有蛇，谁也不敢到草地里去。围墙下的枇杷、桃子熟了，大家看都不去看一眼，任由它们烂在树上。

那几年，侍弄花草是香草每天的新功课。花儿是娇贵而有灵性的东西，光靠了喜欢并不一定会花团锦簇，要侍弄好它们更要懂得它们的脾性。哪些花不能每天浇水，哪些花不能每天晒太阳，哪些花不能放在室内。香草偶有下村或是偷懒的时候，我也会给花草浇水捉虫，天寒地冻或是暴风骤雨的日子里，会及时把花草搬进搬出，所以我们家的花草虽是最普通的品种，却生长得最为葱郁葳蕤，兰花谢了栀子开，栀子开过茉莉香，接着还有葱兰、绣球、太阳花……我家阳台上一年四季花开不断。香草是个实用主义者，将夜来香放在窗台驱逐蚊蝇，用仙人掌治伤；把小菊花做成花茶，把茉莉花穿成串串戴在手腕上；听说芦荟可以杀菌消炎，有一回她肚子痛，也不去医院，割一片芦荟叶子泡水喝。

虽然是新站长的行政命令，却也有人不爱花花草草。刘叔家一盆花也未养。有一些职工家的阳台上一开始摆满花盆，热闹得很，没过几月，花草死的死，枯的枯，把个阳台弄得越发衰败难看。新站长的老婆阿贞最不喜欢养花养草，说它们当不得吃也当不得穿，搞那些花架子做什么。她家门口开始还有几盆花，后来，一盆也没看到了。阿贞和香草都在马家坪上班，只是单位不同。阿贞性子孤僻怪异，总有与众不同的思维和行径。她的同事过节给她送了一盒糖一袋水果，同事一走，她把水果和糖丢到溪里。不过，阿贞却跟香草合得来，有什么好吃的，有什么心里话，都会和香草分享。其时，阿贞的父亲尚在政府部门担任要职，新站长把阿贞当宝贝一样。到上海、广州出差，给她买回来许多时装，香草羡慕不已，阿贞倒不如何地喜欢。相反，时常挑新站长的毛病。说他一出差就是好几天，也不晓得他在外面干些什么。说他是双面人，长了两颗心。隔一年，站长调走，阿贞也调到马底驿上班。不知为什么，阿贞在工作上老出错，每年都要赔几万块钱。其时，她跟新站长的关系也越来越僵，但她在单位上的亏空，新站长仍一手帮她填上。

几年后，香草调到县城上班，只带走一箱书和一箱衣服，那些老式的家具电器，连同阳台上几十盆花一起送给了新来的同事。有一天，香草突然在大街上遇上阿贞。她竟然剃了个光头，把香草吓了一大跳。她告诉香草，她已经和新站长离婚，房子和存款因为她弟弟买货车的麻纱账，而全部判给了新站长，女儿也不归她抚养，她净身出户，回到父母身边，而单位也不要她上班了，每月给她发基本生活费。其后一段时间，阿贞时常去香草的单位或是租房。香草从她的言谈举止里已感觉到她的脑子出了问题。其时，阿贞的父亲已从政府要职部门退了下来。香草最后一次看到阿贞是在一个深秋，秋风瑟瑟，桐叶乱飞，阿贞光着头，赤着脚在大街上飞奔，不晓得要去哪里。

官庄集镇上的赶山队

捕猎季节来临的时候，站里再怎么忙，向明洪站长都要抽出几天时间上山追肉（打猎的意思）。

向明洪站长的狩猎装备全套四齐：猎狗、猎枪、迷彩服、山地靴、对讲机、绳索、柴刀等等，猎狗长年四季用铁链子拴在敞篷车库里。车库紧挨着厕所。除去向明洪站长，不管生人熟人，但凡去厕所的人，猎狗都会狂吠着扑过来。香草怕死这条狗了，每次去厕所，都担心狗会扑过来把她当兔子吃了。至于猎枪，向明洪站长不只自己珍藏了两杆，不知什么时候也给区站置办了几杆。我去招武岗林场守林的那一年，也给我分配了一杆，但我并没有拿到山上去防身或是狩猎，而是一直放在家中衣柜里。香草胆子小，独自在家半夜三更听到后山的猫头鹰凄厉的叫声，实在是怕得厉害，就把猎枪搬出来立在床头柜边。

向明洪站长喜欢狩猎一方面是源自他十六年的军人生涯，对枪支有一种近乎偏执的喜爱，一方面源自他成长的环境。向明洪站长是楠木铺乡堆上村人。楠木铺乡是林业大乡，向明洪在莽莽林海中长大，山间的鸟兽既是他的玩伴也是他的敌人。他小时候用自制的弹弓在后山打麻雀，用棕丝编织的套子套雉鸡、竹鸡，冬天跟村里人上山围猎……他什么野生动物都见过，豺狼、老虎、白面狸、刺猪，成群野猪，成群野狼。他说他曾见过最好看的锦鸡，尾翎足有两尺长，其艳丽的色彩比得过这世上任何好看的衣裳。小时候，时常有老虎到山寨来骚扰村民，猪啊，牛啊，羊啊等家畜受到侵害。某年，他们村里有一位正在灶台边煮饭的妇人，都没来得及哼一声，就被老虎叼走了，家里人还以为她回了娘家，隔几日，老虎又进了山寨，山民鸣锣响铳赶虎，在一片灌木丛里发现了只剩下头和双脚的妇人。还有一次，他和他娘去邻村走亲戚，半路上遇上一群野猪，那是向明洪一生中见过的最大野猪群，怕有上百只，如一支要赶赴某地执行任务的野战军。领队的公猪少说也有五百斤，獠牙长露，像个将军。长长的队伍井然有序地在月光下行进，灌木丛在它们的脚下沙沙作响，向明洪和他娘在路边蛰伏了许久，大队伍才过完。向明洪从部队转业回到家乡后被安排到林业部门工作，与山林鸟兽打交道近三十年。那时的山林里野猪、麂子仍然比较多，但云豹、老虎这样的大兽已绝迹了。

官庄集镇不晓得在哪一年也不晓得是谁为首组建了一支"赶山队"（即狩猎队）。赶山队像特种部队，十几个人，十几杆枪，还有十几条猎狗，每次去赶山都会全副武装，如军人出征一般。猎人们个个都有着多年狩猎经验，他们凭借着一堆粪便或是几个野物的足印寻找猎物的行踪。最初，雉难、野兔等小动物对他们来说没有多大的诱惑，当然，刚好撞到了枪口上，也不放过。他们的目标是大猎物，比如野猪、麂子，有时候也打豪猪、狸之类的野物。打猎的时候，向明洪便完全变了一个人，不再是一脸威严，一副领导作派，而是一个完完全全的猎人。一个猎人所需具备的本领和品质他也一样不缺。他同所有追肉的人一起，翻山越岭搜捕猎物。猎狗们在他们身前身后奔跑，两耳侧竖、双目警醒，不放过一丝山风，一声鸟鸣。每一次狩猎无异于一次野外实地战，他们翻过一个又一个山坳，一天的行程不止四五十里，一点也不觉得辛苦，相反，山林里空气清新而澄澈，被秋霜染过的树木，铺锦堆绣，色彩浓烈斑斓，明黄、棕褐、墨绿相互驳杂，熟透了的八月瓜或猕猴桃的香气弥漫着整个山林。所有这些，都让向明洪觉得舒心。当然，他最喜欢追着一只麂子或是野猪飞跑，然后"呼"的一声将野物放倒的感觉……他一背起猎枪走进山林，便自在而欢快，无拘而又满足。不过，在捕杀猎物的时候，他常常不由自主地将好强果敢的性格表露无遗。有一次，他追一头麂子，也不跟同伴们打招呼，只身猛追，在一道斜坡上重重地摔了一个跟头，擦伤了后背，趴着睡了半个月。每到向明洪上山追肉的日子，区站的人一到傍晚，总有意无意地聚在坪场上等他回来，也总会有皮卡车送向明洪和他的狗到区站的大门口。猎狗披一身夕阳飞身下车，摇摆着尾巴欢快地跟在向明洪的身后。有时候，向明洪会扛回来一腿野猪肉，或是半边麂子肉。偶尔，向明洪也会扛回来一个猪头或者一只猪脚——这是给命中野兽关键部位的人的额外奖励。猪头是奖给人的，而猪脚则是奖给猎狗的。每当这时候，向明洪的心情也是特别好，笑眯眯地，向智勇趴在三楼的走廊上大声问今天追肉追到了哪里，向明洪则站在坪场边吸烟边向大家讲述他的有惊无险的追肉经过，而刘老板——向明洪的老婆则接过丈夫手中的肉，高举着，左看右看，评论一番肉的大小肥瘦，口气里总是带着挑剔的意味。不过，她的评论，多数时候，大家都不置可否。

一年一年过去，山上的野兽越来越少了。有时候，一连几天，向明洪他们连一只兔子也抓不到。一个狩猎季节下来，他们能够打到一两头野猪或麂子算是好运气。口袋里有了余钱的中国人在怎么吃、吃什么上想法千奇百怪。变色的蜥蜴、酷似老鼠的竹鼠、奇丑无比的蟾蜍、蛆虫一般的蜂蛹都成了人们餐桌上的佳肴。山里人在利益的驱使下上山下河，处处放卡布阱，费尽心思。把麻雀一网罗尽，用电网把一条几公里长的小溪里的鱼打得绝迹。为了抓野生动物，山民们顾不得自身的安全。区林管站的隔壁是区医院，我们时常听到医院传来这样那样的事故。有人在溪里用雷管炸鱼，炸掉了自己的一只手掌；有人在捕蛇时，让五步蛇咬死；某农妇家的菜地边的杂树上不知什么时候引来了一窝蜜蜂，好些人眼红，农妇防贼一样守护着树上的蜂窝，整整守了一个夏天，在一个深秋的傍晚，她拿了长竹篙去捅蜂窝，不想被蜂子活活蛰死了。

其实，湘西虽是山区，自古并没有山民专职狩猎。民国十九年县志载：寻常家畜，农村处处有之。岁晚务闲，或农工稍暇，往往猎取禽兽以充庖厨，盖邑中无单纯猎户也。狩猎的目的一旦贴上利益的标签，便变得肆无忌惮，毫无节制，这是鸟兽无以逃脱的噩运，更是山林的灾难。最后几年，向明洪和他的狩猎队友们穿越在丛林茂密的山林里，一个冬季打不到半只大野兽。没有树木和鸟兽的大山空寂得如一座巨大无比的坟墓，让人窒息而绝望。每当空手而归，他自己都觉得羞耻，我和同事们也都不好意思在坪场上等他回来，听他聊赶山追肉的逸闻趣事。到后来，他都不愿意上山狩猎。再后来，县里收缴了猎抢，官庄集镇的赶山队也自动解散了。

"偷鸡"岁月

　　天完全暗下来后，区站坪场里安静下来，车库后面的芭蕉林里夏蝉嘶哑着嗓子，唧——嘶嘶——，将声音拖得老长。女人们各自捡拾起木盆、铁桶上楼。邓爱国站在楼下大喊：×××，值勤去，快下来。我晓得，他们并不是真的要去值勤，而是打牌缺人。区站人人都晓得香草恨死我打牌赌博，在香草的思想里，赌博是"坏人"的行为。初次听到我赌博，香草如一只暴怒的母兽，痛骂我，恍若我干了十恶不赦的坏事。初到官庄时，香草只要听说我在打牌，就跟我吵架。两三年后，香草才慢慢适应，也才慢慢明白，原来官庄人十有九赌，大家去馆子吃个饭都要来一个"经济半小时"（趁菜未上桌的半小时赌几局牌），不赌的人才是异类。区站职工，除去司机向哥不打牌，其余人人都赌牌，不过，有些人只是偶尔打一打，比如老向、陈姐。香草常常说自己生活在一个赌窝里。邓爱国这种掩耳盗铃的把戏没多久就被香草识破。所以，只要我一出门，香草就像审贼一样要对我盘问半天。刘老板喜欢打麻将，舒国萍偶尔去凑场子。刘老板有意要把香草培养成牌友，香草碍于面子，也去过两次，但香草实在没有赌博的潜质，还未上场，就害怕自己会输钱而忐忑不安起来，上桌后，第一局尚能思路清晰，晓得什么牌打不得，但到了第二局、第三局，脑子就开始一团糨糊，意乱神迷起来，出牌全没了章法，手臂也开始酸痛。牌友们则嫌弃香草的技术，牌出得慢不说，乱出牌，送炮给下家，或是让下家又自摸了，说跟香草打牌没意思。香草巴不得有人把她赶下桌。她实在不明白一天到晚将那几张牌玩来玩去有什么味，她觉得读书、旅游有趣得多。香草偶尔和荔枝溪乡政府文化员邓姐聊天，晓得乡文化站有一个图书室。图书室有好多外国小说。这对买不起书却又想看书的香草来说，无疑是发现了宝藏。香草借书，也不按作者或者作品知名度，不分国籍地域，就按书架上书摆放的顺序，每次三五本，也不管读得懂读不懂，懵懵懂懂借回去，一本一本囫囵吞枣地读。邓姐每次将香草借的书工工整整登记在借书簿上。几年下来，整本登记簿全是香草借书的记录。或许正是这种自小养成的读书习惯，让香草的思想一直自困于书的围城里，对人世、生活、未来怀有一种天真简单、柏拉图式的梦想，看不透周围世间的本来面目，在"上进心""政治敏锐性"这些方面上迟钝木讷，不晓得心计策略；也正是这种读书喜好，让她对待生活的态度总是毕恭毕敬，对人世总是心怀美好。我常常想，我们之所以能相濡以沫二十年，一方面是彼此能容忍，另一方面应是长期的阅读无形中在引导她，改变她，塑造她。不过，她还是讨厌我打牌赌博，时不时在我耳边啰嗦，当然，香草也不敢把自己变为区站职工的公敌，有时候不得不睁一只眼闭一只眼。

向明洪做站长的那几年，我们主要是打扑克、跑胡子、麻将，输赢不大，和后来的翻金花、"斗牛"比起来，实在只能算是娱乐，算不得赌博。向明洪带着我们长年四季在319国道沿线、麻子岭、宁乡铺蹲点抓偷关，一去一整天，漫长而无聊的蹲守时光自然是要打点小牌来充实和刺激的。"三打哈"是值勤时常打的一种扑克牌。这种牌输赢不大，有娱乐性，又最容易消磨时间。我最会打"三打哈"，在区站几乎只赢不输，张业书和邓爱国两个死不信邪的人，时常强拉我去打"三打哈"，我常常把他们打成"空军"。

不晓得哪一年开始流行翻金花。官庄人玩的是变种的翻金花，称作"偷鸡"，这种赌博玩的是心里战术和胆子，并不是谁手里的牌大谁就一定赢钱，你手里的牌分明很小，但你就赌别人的牌比你更小。当然，口袋里厚实的钞票是一个重要因素。"偷鸡"人数不限，三五人，八九人都行，每人发三张牌，牌到自己手里后，可以不看，直接押钱，这叫作"闷"。前面的人不看牌，后面的人自然也不看，也直接押钱，这叫"跟"。"闷"的过程中，有人不想"跟"了，翻看自己牌的大小，然后决定是否"偷鸡"，偷的话，就一轮一轮往桌子上摔钱，这期间不断有人退出，当然，退出的人，先前往桌上摔的钱就全没了。牌桌上最后只剩下两个人，看谁顶不住，谁就"偷鸡"成功。冬姐是玩"偷鸡"的高手，邓广平更是被大家称为"金花王子"。"偷鸡"最容易洞见一个人的性格和心理素质。邓广平个子小，圆头圆脸，武武墩墩，人小鬼大。他把每一个人的心思都摸得非常透彻：邓爱国是个大炮筒子，手里有好牌，脸上藏不住；张业书一上赌桌就成为不想事的呆子，但口袋里的银子不多，总是患得患失，畏手畏脚；陈姐胆小，手中没有好牌，绝不敢"偷鸡"；向长生最会演戏，看了自己的牌，沉思半天，眉头横蹙，一副跟不跟，难以决断的神情，其实，这时候他手里或许是一副好上天的牌，或许不过是一副狗屎牌；冬姐心思细密，做什么事都考虑得滴水不漏，外人轻易摸不到虚实，邓广平在和冬姐对决的时候，一般情况下，能避开就避开，避不开，输赢都心服口服，不多嘴。邓广平赢多输少的另一个秘诀是不恋战，控制力强，输了不想着要扳本，赢了也不贪，见好就收，如泥鳅一样，滑得很。玩"偷鸡"很刺激，钱来得快，去得也快，不过一袋烟的工夫，一个月的工资就到别人的口袋里去了。站里总是有几个人，口袋里有不得钱，财务室一发工资，他们口袋里的钱像在跳，没几天就变成了光屁股，还要在赌桌上借，欠了老账又借新账，欠到别人都不肯借了，只有在一边看的份。每到年底，就更有好戏看，站里七样八样的补助都陆续发给了职工，一个个口袋鼓胀起来，就必定有几个人悄悄你约我，我约他，几天几夜的豪赌，总有人把一口袋的钱输得精光，连个回家过年的路费也没有。后来，又流行一种叫"斗牛"的赌博，跟"偷鸡"一样，钱来得快去得也快，三五十来个人，人多就叫"组牛棚"，不过，"斗牛"要简单得多，全靠个人手气，硬碰硬，谁的牌大谁赢。最大的牌是"10JQKA"，称作"牛魔王"。我和郭宏起先都不会"斗牛"，向长生主动教会了我俩，我们三人第一次实战，不到两个小时，我和郭宏把向长生口袋的八百多块钱全赢走了。全站人都笑话向长生，说这是典型的教熟徒弟打师父。

地下六合彩是从新千年开始的，俗称"买码"，买码之风是从五强溪、柳林汉传过来的。听说，那边好些人一夜之间赚得几万、几十万，当然，也有人买得家徒四壁，甚至有人因为买码输得太多而疯掉了。不管怎么样，它的诱惑力实在是大，上至七八十岁的老婆婆，下到穷得口袋里只有几块钱的乡民，都想买码发大财。区林管站的人也不例外。有一段时间，大家聚到一起就说"码"，从一个成语、一句歇后语，一首打油诗里猜属相。电视里天天播少儿节目"天线宝宝"，据说，这个节目里暗藏着买码的信息。每天晚上六点钟，冬姐就全神贯注守在电视机边，一句台词，一道布景都不放过。大家一开始都是试探性的，小打小闹。很快，冬姐等人尝到甜头，发财的梦一下子膨胀起来，向那个无底洞里砸钱，几百上千地买，不知觉间陷进去好几万。我偶尔也瞒着香草买几注，赔多赚少，两年下来，不知不觉赔进去一万多，自觉这是一个陷阱，再也不敢买了，及时住了手。但有的人是撞了南墙也不回头。我的老乡小李，中专毕业后，通过她一个远房亲戚的关系进了区站。小女孩人长得清秀，也蛮聪明，老向器重她，上班不久，即让她到出口办上班。大家都以为她跟站长的儿子结为一对，真是天作之合，但她没有半点感觉，跟这个好那个好，就是看不上老向的儿子（老实说，老向的儿子无论家境、人品、才干比她谈的任何一个男朋友都好很多）。老向气不过，把她调到马家坪，她很快又跟收费站的一个年轻人好上了。在马家坪林管站，她也开始买码，最先还是买着好玩，慢慢陷进去，一发不可收拾，以各种理由向亲朋好友借钱，向社会上借高利贷。这高利贷可不是好借的，把她逼得团团转。有一段时间，她天天跟香草打电话，求香草把工资本借给她放到银行去抵押贷款。香草并不晓得她买码借了几十万，真以为她家里有了难处，想着以前俩人如姊妹般的关系，又跟我是一个村子里出来的，说，我是靠着工资吃饭的人，借工资本不行，不过，可以借三五几千给你应应急。三五千对她来说是杯水车薪，根本起不到作用，她一心一意要借香草的工资本，天天去我们家住的小区缠香草。香草哪里敢借给她，无奈之下，告诉了我。我打电话把小李痛骂了一顿，自此，小李再不来纠缠香草。不久后，我听说小李终于抵不住高利贷逼债，辞了工作，跑到越南去了。又有人说，她到泰国做人妖去了。我暗想，女人也能做人妖吗？不过，从那以后，小李彻底失了音讯，却是真的。

每一棵大树都是一个祖先的灵魂

　　我丈母娘听人说吃臭柑子（其实一点不臭，只是酸得人死）能治支气管炎后，在靠近铁路的菜园边种了一棵臭柑子树。树不高，不过两丈，却极粗壮，像个敦实的乡下汉子。我们春节回家过年，发现树杈上用麻线捆了一个包着纸钱线香的红布包。红布包包得端端正正，捆扎得也相当周正漂亮，能看出其虔诚。我丈母娘说这是湘中的一个习俗，谁家的孩子不好养，羸弱多病，长辈就会为其继拜一位干亲。这干亲，可以是一个人，也可以是一棵树（是人是树得先请"仙人"决断）。倘若是树，必定要葳蕤繁茂、结实粗壮。择定吉日，备好继拜的礼品后，抱了孩子正式在树前三跪九叩首，正式寄养在这位"干亲"门下，"干亲"自然就会庇佑孩子无百病无灾祸。此后逢年过节或是孩子有个三病两痛，也会到这位"干亲"前请神念经，焚烧纸钱线香。去年春天，我丈母娘说臭柑子树结出的果子实在是酸得离奇，就砍掉了那棵树。香草说她妈不该砍掉臭柑子树，说那树已不只是柑子树，更是别人的"干亲"，是那个继拜人的保护神，是孩子安康无灾的护身符。

将树木视为神灵，这在我们湘西很常见，特别是沅水以北。我每年总有许多次机会去各乡镇做林业规划设计和各类验收。有些村庄，入口处必有一株一人合抱不过来的枫香树，树上缠满长长短短的红布条，叫"搭红"，这是一种民间祈福的形式。山里人住在山里，树木同山峦、土地、溪河、野兽一样是山里人赖以生存的依靠，也更同山峦、土地、溪河、鸟兽一样是有"神"有"怪"有"灵异"的。一棵树就是这个村庄公共的神，不管是一个宗族还是外姓人，都会得到这棵树的庇佑。通灵的树木就如土地神一样，是湘西山村里能守护一方平安的神灵。那些有几百上千年历史的几人合抱不过的大树，在山里人的眼里，更已成"神"成"精"，半点得罪不得。所以，在湘西，有给老树过年的习俗。除夕这夜，老人提了斧头，孩子端了饭菜，在树身上砍一道小小口子，让树吃饭吃肉，并求大树来年开满花结满果。

芭沙人认为，每一棵大树都是一个祖先的灵魂。传说，木棉是壮族始祖布洛陀的战士，而枫树是火种，榕树枝繁叶茂，象征子孙昌盛。儒勒·米什莱在《山》中写道："古代的人从来不怀疑树有灵魂——也许是模糊的，隐秘的——但确有灵魂，同任何有生命的造物一样。"希腊神话中有这样一个故事：希腊女神达芙妮已有了自己的爱人，可是太阳神阿波罗却仍对她纠缠不清，达芙妮于是就请她的父亲将她化作月桂树，阿波罗在月桂树下苦等达芙妮，并用月桂树叶编成花冠送给达芙妮。传说古希腊人因为白天操劳过多，夜晚就将自己的心放在一棵合欢树里。这就是为什么合欢树一到夜晚就紧紧闭合的原因。希腊人认为，金树枝能召唤灵魂。纳维亚半岛的人认为，原始人曾经是一棵树，树是宇宙的生命，从天、地和夜中汲取生命力。

人类最初的家园是森林，最初的房屋是大树，最初遮羞驱寒的东西是树叶，可以说树木曾是人类生存的依靠。现代人喜欢一棵参天大树，多数的原因在于它的高大和它的年代久远。我们往往用仰望和惊诧的眼光注视着它们，如看一位活到了一百二十岁的神采奕奕的老人。试想一想呀，一棵在村外屋侧存活了一千年的大树，在寿命不过几十年的人们眼里，它实在是一段够长的岁月，它见证几十代人的生生死死，见证几个王朝的风雨更替。"比埃及的所有斑岩更坚固，更持久，见到过第一位法老，听到过《梨俱吠陀》的第一首颂诗。"现代人更喜欢从客观的角度去解读一棵树之所以是"生命之树"的科学内涵。一棵树通过无数的枝叶吸进潮气，固定飘浮的水分，通过树干、树根积蓄细流；发达的根系汲取地层深处的水分，供养树枝、树冠，保持空气的湿度，增加降水。据测定，夏季森林里的气温比城市空阔地低2℃—4℃，相对湿度则高15％—25％，比柏油混凝土的水泥路面气温要低10℃—20℃。树木实在是制造泉水、产生河流的最初源泉，是净化自然、供给人类生存的天然氧吧。有一首诗这样写道：从一尺阳光开始／最先到达的是树叶／那是一条河最初的源头……可惜的是，如今，现代文明的步伐越来越快，在我们的心里，树木不再被当作神一般敬重和崇拜，也不太懂得树木对于人类的重要性，即便考虑了，也多从利益的角度出发，不能将其视为地球的一部分，视为我们生存惺惺相惜的伴侣，看不到人与树木之间一荣俱荣、一损俱损的关系。

试想一想，倘若没有一点绿色植物，那么我们的地球该是一个什么样子呢？会不会如洪荒宇宙一样混沌不开，天地粘连，死气沉沉？人们总喜欢赞美女子的柔情和美丽，其实，树木、绿色植被、大自然的柔情和魅力、美丽和生气才是最博大，最动人心魄的。万物无言，尽现其美。

国家造林

这一年，县里开始退耕还林。

退耕还林的任务是层层分解下来的，国家分到省，省分到市，市分到县，县分到乡镇，乡镇再分到村组。以前，也年年造林，但那是林管站的事，政府虽然有分管林业的领导，但也仅限于"领导"而已。这一次是国家造林，行政任务，和农业税收、计划生育一样，是政府的中心工作，林业部门只负责规划设计、苗木供应、技术保障。春秋两季，我便忙得四脚朝天，整天不着家。香草所驻的村也有退耕还林任务。彼时，枫儿五六岁，狗都嫌的年龄，在幼儿园三天打鱼两天晒网混日子。小保姆也是时断时续地请。香草和我双双下队不能返回时，枫儿晚上无人照看，就厚着脸皮送到同楼的周姐家。一次两次还好，经常如此，我们自己都不好意思。所以，不到万不得已，香草能不在村里过夜就不过夜，早出晚归，一天走二三十里山路是常事。我和香草多年后再回味，当年的劳累辛苦全不记得，却一味只记得走过的青山秀水，以及在那些青山秀水里匆匆擦肩而过的人。或许，一个人长年四季在苦水里泡着，一切的苦便都变成了家常便饭，成了生活的常态。

年初分工，香草从丛溪口村换到了主埠溪村。两个村庄毗邻，丛溪口过去就是主埠溪，相隔不过几里路。香草在丛溪口驻村三年，驻出了感情，村支部书记也喜欢香草的踏实肯干，请求政府让香草继续留在丛溪口，乡政府领导自然没有答应。香草倒也随遇而安。主埠溪距乡政府四五十里，每天只有一趟车，中午进去，第二天早上才能回来。乡政府开了造林动员大会后，乡干部们被悉数赶下村去。主埠溪的退耕还林任务并不多，不过五六十亩，但地块分散，这个山包上五分地，那个山坳里八分地，每块地里都种有庄稼：青菜、萝卜、油菜、荞麦……既然是退耕还林，就得毁了庄稼，栽上树苗。支书带着香草在山间转悠一圈后就到杂货店打牌去了。乡村公路只通到主埠溪村，从主埠溪村进去还有扬武溪、沿途、油坊坪三个村，村民去官庄、去县城、去常德都必须先走到主埠溪村来搭车。主埠溪桥头有一间小杂货店，支书常年就在这家杂货店里打牌。他除去偶尔去乡里开会办事，陪驻村的乡干部在村里转一转外，其余时间全在牌桌上。支书打跑胡子赢多输少，不仅本村人不服他，候车的外村人也不服他。他们辛辛苦苦在山里捕得一只野兽卖得几十百来块钱，候车的工夫就输个精光。不过，支书赢了人家的钱，每次都会笑呵呵地从赢来的一叠钱里抽出一张来退给人家当路费。所以，大家讨厌他赢钱，却又喜欢跟他赌牌，也不管屡赌屡输。每次，支书家大门紧闭，香草十有九回都会在杂货铺找到他。几日后，香草又去主埠溪村。

香草看到他家的柴棚下数十把杂树苗已干枯得可当柴火烧。香草心里直呼"完了完了"，站在屋檐下问怎么回事，支书笑呵呵道，"老百姓只喜欢种杉树，不喜欢栽杂树。""不喜欢就可以不栽？不栽杂树验收能过得了关？"香草冲口而出。"那你总不能拿着枪强迫人家栽吧？"支书还是笑呵呵地跟香草说话。香草哑口无言。过一会儿，香草提出到山上去看看，支书称自己有事，让村会计陪她去。会计姓郑，五十来岁，又高又瘦，一副苦相，脸上除去皱纹就只剩下高耸的颧骨了。村里前任妇女主任是她的女儿，两年前在自家菜园里被大黄蜂蛰死了。香草都不敢同他说话，怕他一开口，他心里的苦就会溢出来。可是，郑会计的话匣子一打开，香草却发现他有一双洞察世事的眼睛和一副悲天悯人的菩萨心肠。他说，老百姓都只顾眼前利益，都很现实。虽然说退耕还林补钱补粮，但还要等到明年验收后。历年来都是义务造林，猛地来一个政策，说国家能补钱补粮，老百姓心里并不真相信。老会计带着香草在山里转了两天，香草的心也凉到底。几乎所有的退耕地都有庄稼，该种的照样在种，该毁的照样没毁。树苗稀稀拉拉栽植在庄稼中，如星星点灯。香草连珠炮一般对老会计道，这下死定了！死定了！！老会计慢腾腾地说，你莫急，凡事都有一个过程，老百姓吃了亏，就会捡个乖，退耕还林补粮补钱不是有八年时间嘛，你莫急，好事不在忙中。几天后，乡政府开会，驻村干部反馈情况，香草这才晓得，原来多数村都跟主埠溪村差不多，并且各种奇奇怪怪的问题都跑了出来。潘香坪村的村民说村里贪污了退耕地面积，要求村里用皮尺重新丈量退耕地；荔枝溪的好几块退耕地户主不明，有扯不清的皮；新屋村、黄金溪村因"九·一二"老问题则连同村干部在内，没有一户愿意退耕还林，更多的村民是根本不相信退耕还林国家会补钱补粮，退耕地里只看到庄稼，看不到树苗……

我刚从县里开会回来，香草跟我说起退耕还林的事。其实，全县的情况都不乐观。县里区里已成立了督查组。区公所请了宣传车在319国道上来回广播，宣传退耕还林政策。乡政府又下通知让村里四处张贴宣传标语。香草再次下村，请郑会计买了红纸、笔、墨，写了二三十幅小标语贴在村民木屋墙壁上。香草结婚前练过几年毛笔字，也龙飞凤舞地写了几幅："退耕还林，造福子孙""谁退耕、谁造林、谁经营、谁受益""抓好退耕还林，促进生态建设"……与老会计的字比起来，香草的字稚嫩无骨，老会计在一边始终含笑不语，香草要撕毁，老会计却道：孔夫子不嫌字丑呢，女孩子能写得这样子很不错。几天后，县区督查组就到荔枝溪乡来了，一行五人，驻村干部们又一窝蜂地下了村。香草忐忑不安在主埠溪等县区督查组，又苦口婆心求老百姓毁了退耕地里的庄稼，可没有几个人听她的。苞谷、黄豆、粟米、红薯照样长得绿油油的，茅草灌木在阳光雨露的滋润下照样疯长不止。

隔年春天，新一轮退耕还林开始时，香草调到了官庄镇。新地方，老工作。香草到官庄上班后，政府安排她驻三渡水村，又派她做包村连片的片组长。片区包括三渡水、黄土铺、黄金溪、宁乡铺、海沙坪、太平铺六个村，除去黄金溪村，其他村全在319国道沿线。太平铺村与桃源县太平铺镇交界，中间只隔一条太平溪。桥那边店铺连片，集市热闹，物价也相对要便宜。香草每次去太平铺村，郑支书都会带她去桥那边吃中饭。桃源人思想开放，接受新事物快。国家一出台退耕还林政策，他们马上就意识到这是一个百年难遇的机会，漫山遍野大面积进行退耕还林。受了桃源人的影响，官庄镇319国道边的老百姓思想也要开通许多，跟在桃源人的屁股后面走。其时，各类经济林开发遍地开花。三渡水村的村干部热心发展本村经济，开发了几百亩金秋梨和黄桃，然而，技术和管理都没到位，丈余高的梨树和桃树只开花不结果，偶尔结出几粒果子来，也皆寡淡无味，南橘北枳，只能成为鸟儿虫儿的食粮，但村干部并不以此处的失败而泄气。不久，县里又兴起种黄姜，三渡水村自然不甘落后，将二三百亩水田改种黄姜。村里吸取之前的教训，加大投入，黄姜长势良好，吸引好多外村外乡镇的人来参观取经。香草到三渡水驻村时，正值黄姜种植的高峰期。人人都以为这一回三渡水人必定发财，不想两三年后，黄姜还没开挖收购，价格已一落千丈，三渡水村为此又欠下大批贷款。村书记和村会计带着香草满村督查退耕还林。村会计五十多岁，是个风趣的人，似乎世间的烦恼在他那里全不算一回事。他在开满白色粉色的桃花林里告诉香草，村里计划将桃林改造成茶场。香草最喜欢这种沉实的人。有一次，香草心情郁闷，村会计满腿黄泥站在田塍上对香草说，他还想再活五十年，逗得香草哈哈大笑。香草晓得三渡水村也喜欢种杉树，我给各乡送树苗时，香草让我多送些杉木苗，少送些杂树苗。我都依了香草。

　　初夏，我突然得到县里通知，国家林业局将来沅陵验收退耕还林，这消息不亚于一个炸弹，从县到乡到村都炸开了锅。原本开春后，县里开了会，布置了抚育、补植工作，但多数乡镇都把它当作了耳边风，抱着侥幸的心理。不想狼真的来了。市里传话给县里，国家在全市就抽查两个县，你们的成绩代表全市的成绩，当然，你们的问题也代表全市的问题。县里乡里村里如临大敌。大家这时候似乎恍然明白，退耕还林真的会补钱补粮，但这个钱粮却不是那么容易拿得到的，更不可能白拿。我连夜找出全区的退耕还林规划设计书、图纸、各类表册，又将县里春秋验收时问题多的几个地块标上记号。向明洪站长把在麻子岭守杠子的人都叫了回来，除去出口办三个人留守，其他人全部下乡迎接国家验收。向智勇的双排座货车像倒插笋子一般装满肥肥瘦瘦七八个人。每到一个乡，向明洪先不管三七二十一，拉下他卖牛肉的脸，用普通话、官庄话、楠木铺话相互混杂的语言叽里咕噜讲了一堆关于退耕还林验收的事，他说的什么大家都没堪听清，但大家都晓得阎王亲自出马了，说明打不得半点马虎眼，出不得半点纰漏，之前堆积如山的问题此时也再不敢藏着掖着。站长们顾不得怕老站长训斥，老老实实如实汇报。几乎每个乡镇都是同样的问题：抚育不到位，苗木存活率低。向明洪如一头发怒的豹子把站长们一个个臭骂了一顿，然后叫我立即去马家坪调苗子，又亲自找各乡的乡长书记。其实，县政府已同时给各个乡镇发了通知，乡干部们早已被赶到村里临时抱佛脚，挨家挨户喊村民上山抚育补苗。

　　国家验收组如期来了，是局长亲自从长沙接来的。县里想请验收组人员先到二酉山、龙兴讲寺访古览胜，验收组人员说时间紧、任务重，婉言谢绝，并当众拆封和公布了抽检的几个乡镇。没抽中的乡镇如中彩了一般，捂着嘴偷乐。我区×乡是抽中乡镇之一。第二天早饭后，省市验收组直奔×乡。乡政府和村委会紧张得如临大敌。一路人马督促村民抚育补苗，一路人马负责后勤生活，还有一路人马陪验收人员。负责后勤生活的这一路人马最辛苦，马不停蹄四处采购，有人去大坝买鳜鱼，有人去"野味王"店买麂子肉，又派人去菜市场采购时令蔬菜。花样品种及数量是那样多，好像来的不是四个人（国家两人、市里一人、县里一人），而是四十个人。验收人员初次来×乡，319国道上的九九八十一道弯早把他们转得晕头转向，加之天气闷热得如在蒸笼里，县里和乡政府的人都说这样的天气上山会要人命，不如先休息休息，第二天赶清早去。验收组勉强同意。大家酒足饭饱后，乡干部提出打一打牌。打牌自然是要兴一点名堂的，这年头，不兴名堂没人打牌。一阵推让后，上桌的是国家验收组的两位和两位乡干部。市里和村里的人坐在一边观战。开始四人都有输有赢，到后来，牌风大转，两位验收人员要什么牌来什么牌，想什么牌来什么牌，只赢不输，把两位乡干部输了个底朝天，旁边看热闹的人看得两眼发直。第二天早饭后，验收人员按我在地图上勾出的路线进山，几天的突击抚育和补苗，退耕地里再也看不到农作物了。验收人员火眼金睛，看得出是临时做的功课，但验收组又能多说什么呢？

　　第一年的退耕还林钱粮总算有惊无险兑现了，但接下来的两三年，许多乡镇的退耕还林仍不顺利。南下打工已渐成风气，山民们猛地意识到原来自己辛苦种一年的田，不及儿女在工厂辛苦一个月，原来自己在山上辛苦烧一个冬天的炭，不及人家在流水线上加三五个夜班。然而，县里年年都有几千亩退耕还林任务分派到各个乡镇，这是行政命令，打不得折扣，国家和省市年年轮番验收，也要不得花招。有些乡镇为了完成任务，情急之中开始变通造林方式，林管站先行垫资，与村里、与老百姓签订合同，以林管站名义连片退耕还林。

又过了几年，大户造林慢慢多起来，山民慢慢有了自主造林的意识。每到冬春两季，村民自己买苗栽苗，自发管理自己的责任山。而国家退耕还林任务一年比一年少，已从坡耕地退耕还林改成荒山退耕还林。山民们尝到了国家补钱补粮的甜头，退耕还林项目成了抢不到手的香饽饽。另外，城镇化的发展，农村人口越来越少，越来越多的田地无人耕种，长出树木灌木茅草，耕地自动退耕还林。

不过，这已经是我调离官庄几年以后的事了。

冬　姐

　　冬姐的门口养了一盆夜来香和一盆绣球花。每年，绣球花都
会开出菜碗大的白花。

　　冬姐的住房在楼梯左手边最里边的一个套间，再过去是区林
管站与区医院的围墙。区站的地势原本就比区医院低，再加上一
垛围墙，以及楼前一株高大的柳杉，区站左边楼的房间便终年难
得见到阳光。冬姐其实有许多机会搬到二楼三楼更好的套间里去，
但她似乎钟情于一楼这个阴暗的角落。冬姐的两个房间，外面一
间做厨房，里面一间做卧室。厨房里几件家具简单得几十年如一
日。放液化气灶的长桌、吃饭的小方桌已经落地生根，绿霉把桌
子腿和地板连在了一起。冬姐说，兴许哪天会发出芽，长出枝丫来。
里面的一间是她的卧室。墙壁用报纸糊了，高低错落挂满春夏秋
冬的衣服，前门和后门之间拉了一根绳子，绳子上挂着的也是衣
服。她的衣服大都是黑色的，也都是名牌，冬天的黑色风衣，夏

天的黑丝上衣，即便是花衣服，也是黑花，她只有穿黑衣服最好看，也最耐看，尽管她初来区站时，不过三十来岁，她偶尔穿一件暖色调的衣服，就显得不伦不类。靠床的板凳上放着她的箱子，是一口老式的带扣带的皮箱，像民国时期的学生用品。套间后面有一排炭棚。单位没有食堂的那几年，大家把炭棚做厨房。炭棚只有三面墙，户户相通，大家一起在炭棚里做饭，你到我家取几个辣椒，我端着饭碗到你家夹点菜，热闹得很。冬姐有时自己干脆就不开伙，在向明军或是邓广平那里搭餐。

冬姐能调到区林管站来，一方面是她的能干，这一点在后来多年的工作中得以验证；另一方面是她赶上了林业系统最好的年代。沅陵是林业大县，林业局有独立的人事和财务。五十三个乡镇林管站、林业派出所、各类林场、苗圃等二级机构成立之初，招进大量林业工作人员。林业系统的子弟优先照顾到好的单位和岗位。冬姐就是那个时候进入林业部门的。1990年左右，冬姐调到区林管站，是区站会计兼出口办的收费员。官庄区每年有三四万个方的木材出口指标，有三四百万的林业税费收入，这三四百万里，绝大部分又来自于出口办。大家都说她的钱用不完。她也确实很有钱，在城里买了房子，又买债券，做期货生意。她吃的用的都是站里最好的。她每年会出去旅游一趟。那年代很少有人有余钱去旅游。大家都猜她应该有上百万的存款。她的日子过得实在是滋润。在出口办上班，对她来讲等同于玩，一天在出口办开几张税票，一个月为单位做几天账，没有一样难倒她，累着她。余下的时间，她或者和同事聊天，或者搬张椅子在坪场晒太阳，又或者到集镇上去逛逛。区站没办食堂的时候，她每天也会到菜市去买菜。当然,冬姐和出口办的人有时候也会去打虎坪、麻子岭守卡子,抓偷关,搞林政执法。有几年区站在马家坪育苗,在向明洪的带领下,冬姐也要去苗子地里薅草、起苗。但这些对于冬姐来说,都只不过是一种调剂,在出口办待久了,需要出去透透气、换换口味。

冬姐调到区林管站时已是老姑娘,但之前,她在外面没有任何恋爱传闻。按理,她长得又不丑,女人该有的身材品貌学识,她一样也不比人家差,应该是有人给她介绍过对象,也应该有男孩子追求过她。她应该是有故事的人。但她调到区林管站时,她的婚恋问题是一清二白的。她调到林管站后,也找不到她谈情说爱、哪怕是与男人暧昧的任何蛛丝马迹。她就像一根绝缘体,男女之事在她那里就根本不存在。她比修道院里黑袍裹身黑巾蒙面的修女还圣洁。修女尚有修道院的严厉管束,她的约束来自于她自己,她在心里为自己打了一个永远不能解开的死结,让她一生断了男欢女爱之念。据说,曾经,她的老父亲要她结婚,跟她讲道理讲好话,甚至把她关起来,不给她饭吃,逼她就范,她软硬不吃,她父亲彻底死了心。不过,从她的言谈里可以看出,她既不憎恶他人结婚生子,也从未自诩自己是独身主义者。她在林管站工作那么多年,直到后来出事坐牢,关于她的私生活,她从未落人以柄。或许,也正是她的这种特立独行的个性,让她不严自威。她并不特别孤傲和严肃,她甚至算得上合群的。当然,她说话的腔调,她的脸色和眼神,即便她是笑着的时候,都带些锐利和生硬,让人亲近不得。可以说,大家都有些怕冬姐,林管站同事也好,木材商人也好,连老虎一样的向明洪站长也虚她三分。但大家真正要说起怕她的原因，谁也说不上，她也从未有过河东狮吼，从不发飙，她只是偶尔变脸，她的脸阴沉下来，像一大朵乌云压顶。暴雨将至，电闪雷鸣，谁都会赶紧找个避雨处。女人真正生气的样子就是这个样子。

　　冬姐初调到官庄时，时常去镇上一家时装店。这家店卖品牌衣服，一般人不敢进去消费，买不起的人偶尔进去看看问问价格，老板也会心不在焉，让只看不买的人越发自卑。冬姐买东西只选贵的。老板是一个和冬姐差不多年纪的妇人，和冬姐打几次交道后，感觉彼此气味相投，便顺理成章成为姐妹。后来，在官庄集镇，像这样的姐妹，连冬姐自己在内，一共有十二个，被集镇人称为"官庄十二钗"。她们都是一个比一个有钱的女子，开水果店的、开批发部的、开酒店的，还有就是打金洞子的。官庄的金洞子让男人血本无归的不计其数，让女人一夜暴富的也数不胜数，她们或不动声色或显山露水在官庄集镇上开店做生意，俨然已是集镇上的新贵。"十二钗"时常聚会，要么喝酒买醉，要么通宵达旦赌牌，在官庄集镇上逍遥来去，呼风唤雨，将日子过得纸醉金迷，快活肆意。

　　夜晚是冬姐的白昼。总有人找冬姐打牌：站内同事、木材商人，还有社会上形形色色的人。所以，冬姐的夜晚并不如何的孤寂难熬。相反，夜晚让冬姐充实而刺激。经常赌博的人，到后来，不只在乎输赢多少，更在乎输赢后的回味。即便过了多少天，他们还能细细描述某晚某一局打出某一张牌时的经过和全部的心理感受，为当时出错某张牌或是打出了某张牌而回味无穷。牌桌上缺不了冬姐，但冬姐却并未给人赌鬼的印象。冬姐赢的时候多，输的时候少。打牌的第二天上午，冬姐有时会在自己的房间睡觉，一整天不出房门，除非是有人来办出口，小心翼翼地敲她的门。时间久了，冬姐是输是赢，大家也能看出个一二三来。冬姐时常挂在嘴边的一句话是：晓得哪一天会死在牌桌子上。

冬姐自然没有死在牌桌上。又几年后，一种叫"买码"的地下六合彩像个地狱幽灵一样，侵入官庄集镇。它比盲目入股开金矿更令人疯狂，像秋风扫落叶一样，口袋里只有两块钱买盐的农村老太婆也参与进来。一比四十的输赢，也就是说，你买一块钱码，若是中了，你可以得到四十元，十块钱能得到四百元，一百元就是四千元，一千块就是四万元。时不时这里那里传来谁谁又中了几十几百万的消息，犹如给人注射了一支兴奋剂。冬姐最初也只买十元二十元，权当好玩。钱爱有钱人，冬姐屡买屡得。这个钱来得比通宵打牌容易多了，眼睛一眨一闭，几百几千元就进了口袋。冬姐和所有的码民一样，买码报和看电视节目"天线宝宝"成了她的日常生活。每隔一天（周二、四、六是买码日），从某一个成语或是天线宝宝们某一句话某一个动作里寻找玄机，寻找"码"成为冬姐最专注的事。有一次，大家一起在出口办外面的坪场上晒太阳，冬姐手拿一本"码"书，口中念念有词道，画蛇添足，画蛇添足是什么呢？香草随口接道，蛇添上足，不就是龙嘛。冬姐不置可否地笑了笑，不想，那天的码果真是龙，冬姐悔得肠子都青了，过两天，她拿了码书专门到我家来问香草，香草笑而不答，只一味摇头。从四十九个数字里选中一个数字的概率太少了，隔年，冬姐开始包"红波""蓝波"。所谓红波和蓝波就是将四十九个数字分成红蓝两组，你一次买一组。一组要五十元，但这五十元里，即便中也只能中一个号码，也就是说，即便是中了，冬姐也只能纯赚三十元。但如果一次买一百组，一次就能赚三万元了。冬姐是想发大财的人，也一直是个很自信的人。她深信舍不得孩子套不到狼的道理。她憋起胆子一次又一次地下注，一次比一次下得重，几千，几万……可是不知什么时候起，财神已不再眷顾她，她丢出去的钱连水泡也没起一个。但冬姐也是好强的人，她不相信自己中不了大奖。她如被施了魔咒，迷失了本性，不顾死活地朝着悬崖边疯跑。她花掉了她所有的积蓄，卖掉了城里的房子，又向她的姊妹们一次又一次伸手借贷，她每一次都想这是最后一次，把以前输的赢回来就洗手不干，但命运之神却远远地对着她冷笑。

我调离区站三年后，冬姐因挪用擂钵尖林场的税款，获刑六年。

凌晨，被检察院带走

凌晨一点的时候，我还趴在卧室的方桌边搞内业。六乡两镇的营林技术员在区站磨蹭有些日子了，搞不来的还是那几个乡镇，他们不时给我敬烟，又讲了几箩筐好话，我无可奈何帮他们一一搞定后打发走了他们，这几天在全力以赴做全区的汇总。我心里想，差不多有一个月没进城看老婆孩子了，争取明天下午动身。我正在做最后的审核的时候，听到了敲门声。章站长站在门边，检察院两个工作人员一左一右站在章站长身后，我愣了一下，没等穿制服的人说出诸如有个案子涉及你，请你跟我们走一趟之类的司法套话，很快明白了是怎么回事。不过章站长还是做了介绍，他身后瘦高个的检察员也用公事公办的腔调说明了来意。又没有杀人越货，有什么事不能等到明天呢？我心里嘀咕，不过，我什么也没说，有什么好说的，又不是第一次被检察院请去喝茶了，跟他们走就是。我返身脱了黄制服，从床头高柜里取了黑色的圣得西厚夹克穿上，拿了手机，关了灯。章站长和检察院的两个人自始至终一言不发站在门口。看我走出来，三人皆转身往楼梯口走。楼梯口的灯是声控灯，章站长咳嗽了一声，昏黄的灯光即时亮起来，章站长看了我一眼，我也看了章站长一眼，两人并肩下了楼。区站人都睡了，院子里只有北风的呼呼声。检察院的车子就停在楼梯口，车子上的警灯一闪一闪的，我一看到它，就像是听到了"呜——呜"的警车长鸣声。

车上的司机看到一行人下了楼梯，即刻发动了车子。两位检察员一前一后上了车，我习惯性地摸了摸夹衣口袋，不由自主"哦嗬"了一声，两位检察员同时侧过头来。章站长一边摸出一包烟递给我，一边道，忘记带烟了是吧？我也不言语，接了烟，弯腰上了车。章站长替我关了门，我把头伸出车窗道，把你的打火机给我。章站长慌忙掏出打火机递给我，副驾驶上的检察员回过头来看了一眼章站长，说了声，走。车子像离弦的箭一样，驶出了区林管站大门。

车子一驶出官庄集镇，就掉进了天高地厚的黑暗里。我想让自己好好睡一觉，没有两三个小时，车子到不了县城。可是，越想睡，越睡不着了。这一次又是哪条狗日的犯案了呢？我在心里恨恨地咒骂了一声。车前灯扫开一片黑暗，又迎来一片黑暗。外面的世界就如一个黑洞，车子像没了依靠似的，舍命要逃出黑洞。沿路的村庄，我没有哪一个不熟悉，公路两旁的餐馆酒店，我十之八九也去过。山野里偶尔可看到一处两处昏黄的灯光，如遥远天际的星星。到底是什么案子牵涉到自己了呢？我把六乡两镇的营林员在脑海里用筛子细细筛了一遍，又把全区这两年能够想起来的作业设计过了一遍。全区每年三四万立方米的木材指标，成千亩的皆伐、间伐林，狗日的，太多了，我的脑子成了一团糨糊，越来越迷糊了。干脆不想，管他娘的，车到山前必有路。我闭上双眼抱着双臂靠在座椅上，让警车在黑夜里突围。

检察院大院里的路灯光白炽耀眼。我像洗脸一样双手在脸上抹了一把，脑子即刻灵醒过来，晓得车子已到了目的地。两个检察员直接把我带进审讯室，叫我把手机交出来，然后一言不发地走了。我坐在靠椅上。对面一张办公桌，两把椅子。桌子是暗红色的，桌面上什么也没有，干干净净，发着黝黑的光。进门的天花板转角处有一个摄像头，我哪里不晓得自己的一举一动都在别人的监视之下。不过，却并不紧张，更不害怕。我像没看到一样，故意不朝那方向看一眼，十分无聊地坐在板凳上，东张西望了一阵，将头搭在靠椅上对着天花板发了一阵呆，又低头闭目养神了一阵，至少是凌晨三点钟了，可是，那两个检察员却有去无回。我感觉有些冷，身子冰凉，十个脚趾冻得都有点僵了。这样坐下去，非感冒不可。我站起来，在房里踱来踱去，偶尔走到窗户边往外观望一阵。窗户用不锈钢焊得密密麻麻的，连手都伸不出去。听说，前几年某单位一位分管财务的领导被检察院请进来后，经不住检察院强大的攻势，从二楼窗子跳下去，人虽没死，却落个终身瘫痪。检察院不得不将所有的窗户焊上钢条。我双手握住钢条，钢条冰一样，我手心的热量瞬间便被吸走了。不知是因为冷，还是半夜三更被抓进来受了刺激，抑或两种原因都有，我没有半点睡意，相反，像打了鸡血一样的兴奋，甚至能听得到自己的心脏咚咚地跳声。我双手支撑着脑袋进入冥想境界。想我在区站工作的十二年，想我的有高血压的爹，强梁的娘，没有长大的儿子……就是不想自己怎么又被莫明其妙地请进了检察院。加上这一次，我可是"三进宫"了啊。

凌晨四点多，我感觉自己很疲劳的时候，两个检察员走了进来。其中细高个的中年人，我一眼就认出来了，他就住在我家对面楼上，两家窗户对窗户，中间隔着十来米宽的草坪。细高个却像没认出我，一脸的严肃。一系列的程序式问与答后，细高个直逼主题：二〇〇五年擂钵尖林场砍伐木材是你做的作业设计？又是擂钵尖林场！我听到这一句问话，一股无名火直往上冒，但发火也是要讲究天时地利人和的。我晓得这不是发火的时候，更不是我能发火的地方。我将嘴角往上扬了扬，嗯了一声，同时点了点头。

擂钵尖林场的作业设计是几百个方？自然是七百个方，我亲自做的作业设计，哪有不清楚的。但我就是不想说，我有些厌烦细高个的表情，不想顺着他的意思来。我故意说，经我手的作业设计，一年有几万个方，我哪能记得每一块林地的砍伐面积？

七百个方的设计，但卖了八百五十个方的树。细高个提醒道。

我只负责作业设计，负责砍伐范围无误以及砍伐后的造林，至于最后到底卖出去多少树，都不是我有资格管的事。

林业作业设计的允许误差率是百分之十，八百五十个方，误差率达到了百分之二十一。为什么会多砍了八十个方？作业设计上的失误？我敢肯定不是。不过，哪个环节一定出了问题，否则不会超八十多个方。哪个狗日的又在其中玩了什么猫腻呢？这一次我不想再像上一次一样将责任主动揽在自己头上。这世上，有些事你就做好不讨好。

你的意思是你没有责任啰？那你说一说，这是谁的责任？

我说，擂钵尖林场是我们县局自己的林场，区乡林业员检尺的时候，一棵一尺四的树测量成一尺五一尺六，二尺的树测成二尺一二都是很正常的，七百个指标，多量出几十个方来，一点都不奇怪的。我的意思很明白，谁也没有责任。

这些日子，我天天把自己关在屋内搞内业，没有留意有哪些人没在站里，也没有一个人给我透露半点消息，一切都来得这么悄无声息，像做梦一样。显然，检察院已查过单位的账了，到底查出了一些什么问题呢？除了自己，还有哪些人已经在检察院过堂了？过堂了的人都说了些什么？还有，细高个意在让我说些什么？我有意无意地盯着细高个，想要从他的表情里读出些什么，可是，细高个的表情除了严肃还是严肃。

接下来，细高个问了我许多与擂钵尖林场相关和不相关的问题。比如，你做林业作业设计时去过林场几次？当时有哪些人陪同？皆伐作业是谁负责？树木卖给了谁？你认不认识？有没有中间商？哪些人参与了检尺？木材销售的务工工资由谁来结算？你做作业设计单位给了你多少补助？卖出去的木材税费款你们单位上交了多少？你们的工作经费和福利如何？单位哪样开支最大？过年单位发了些什么过年物资？县局哪些领导过问过擂钵尖砍树的事情？……细高个每问一个问题都要用无情的目光紧盯着我，似乎要从我的表情里读出他提问的答案。

细高个问这一切问题的时候，我倒是很坦然。我明白，只要自己在作业设计的过程中，没有渎职受贿，没有经济问题，细高个再严肃，再威逼利诱，使尽招数，白的还是白的，黑的还是黑的，天塌不下来。但是我吐出的每一个词，每一句话之前都在心里过了一遍。我并不是想要细高个相信我的话，我在乎的是自己每一句话有没有牵扯到其他人头上，有没有牵扯出经济问题。自己没有问题是一回事，不能牵扯出别人的问题，再说了，别人有没有问题，那是别人的事，我半点都不想落井下石，更何况我并没有真凭实据，要知道，我说的每一句话都是实实在在的呈堂证供，是要签字画押负法律责任的。

而细高个想的就是能把我审出问题来，把我的单位审出问题来。这一方面是他的工作，能不能审出问题，直接关系到他的工作业绩。检察院要么不请人进来，请进来的都有问题，问题大小而已。检察员要做的，就是撬开他们的嘴，找到突破口，查出大问题。我在细高个的心里是条小得不能再小的鱼。老实说，就目前他们手上的证据来说，我的问题基本上可以忽略不计。但是，官庄区林管站在县林业系统却是条大鱼，还有，单位账上的那些钱，对于检察院来说，本身也是一个问题。我事后听说，其实，还有更深层次的敏感问题，擂钵尖林场只不过是导火索，背后还有凶险的伏笔。此后三天，他们对我展开了强大的攻势，四个人轮番上阵，且派上了院里的中干力量，副院长、主任亲自上场。他们采用车轮战术，一个人审累了，另一个人接替。而我三天三夜都坐在那长椅子上，除去吃饭上厕所，就是接受他们的轮番轰炸。不得不承认，提审我的四人对于林业法律法规都相当熟悉。他们一次又一次试图让我掉进某项法规的陷阱里，但每次都落空。他们遇上了的是一个比他们更懂林业法规的高手。事后想来，我与他们之间的较量，并不是在争辩谁对谁错，合法与非法的问题，我只是坚守自己的原则与底线。嗜欲深者天机浅，嗜欲浅者天机深。我从容的对答，该吃吃该睡睡的表现，让他们大为光火。幸而检察院不兴大刑侍候，否则我定是体无完肤。副院长忍无可忍，拍桌子打板凳对我大吼大叫。平时轻言细语，不善言辞的我彼时也怒目相向，言辞激烈，毫无畏惧。三天后，检察院放我出来时，副院长对我说：你是真正的布尔什维克。事后，有人问我，他当时骂了一些什么话，我回头一想，却真是不太记得了。真的不记得了。人生，有时候，要有选择性的记忆，也要有选择性的遗忘。不是吗？

　　回家后，我给大学校友打了一个长长的电话。几个月后，我调回林业局。

铁打的营盘流水的兵

凡到过云南贵州一些小县城又到过官庄的人，无不说官庄镇无论格局气象皆像个县城。确实，富裕的乡镇即便偏僻边远也能建设得有模有样。有钱就这么任性。当然，这种任性也是要有底气的。首先官庄古为驿站，云"界亭驿"，山高路险，易守难攻，历朝历代皆是进入湘西的重要关口，苗汉杂居，自古人口密集，特别是把一坳之隔的沃溪镇、湘西金矿合成一个镇后，有四五万人；其次在商业贸易上，官庄出产茶叶、林木、黄金，又有319国道穿镇而过。每天六乡一镇有数十趟班车来往官庄，是山货土特产的聚集地，山民的日常生活用品也大多是从这里背回去。集镇一年四季有恒定而巨额的商品流通量。每年春茶上市后，街面上摆满了方桌兰盘，买茶的卖茶的、背背篓的、穿西装打领带的，集镇上一天到晚四处晃动着人影；再次一个政府应该有的职能部门，这里一样也不缺：区公所、镇政府、农业银行、农村信用社、区医院、镇医院、税务局（也分地税局和国税局）、交管站、派出所等等，各成院落，既是官庄的组成细胞，又承担起业务部门赋予的职能，一个个如地面上有头有脸不可或缺的人物。至于这个集镇上的百姓，生于斯长于斯，为农为商，都有属于自己谋生养家的手段或本事。勤快的人家，一季春茶足以支付半年日常用度，所以，寻常百姓不能将日子过得花红柳绿，却也不缺粗茶淡饭，日子苦不到哪里去。近些年，虽然说打金洞子发财的少，亏本的多，却并没有生出许多游手好闲或是潦倒泼皮之徒。暴发户没读过几天书，四肢发达，头脑也好使，他们一面继续打金洞子，一面在集镇上开铺做生意，为原本热闹繁荣的集镇锦上添花。在风俗人情上，与沅水酉水两岸比较起来，有很大的不同，传说原居乡民是北方九黎部落的后裔，语言是改良的北方普通话，儿化音较重。加之，百年老矿——湘西金矿坐落此地，五湖四海的员工，其文化背景更是五蕴丰盈，底蕴深厚。

集镇中心有公路通往湘西金矿，沿着这条公路走五十米即为区林管站。区林管站四周围墙，独立成院。它的前后左右分别是官庄六中、农业银行官庄分行、区医院、区供销社。大门进去后是一个小斜坡，往下，右手边是一栋小平房，用作食堂、洗澡间和公厕，左边是一栋三层楼的平顶楼房。水井至菜园间是一片水泥地，区站没收来的木材都堆放在这里。水泥地过去就是一片菜园。菜园先是被改作苗圃，后来又被改成草坪，最后又成了一片菜地……围墙边种了一排果树，杂交枇杷、水蜜桃、李子，每年结许多果子却大多不能吃。金黄的枇杷上总是黏着如琥珀一样的浆液，而水蜜桃和李子大多被虫子或是鸟儿抢先啄食过。

三层楼的平顶房既是办公楼又是职工宿舍。以楼梯为界，左边每层五个套间，右边每一层有两套住房，两室两厅一厨外带一个阳台（无卫生间）。从一楼到三楼分别住着已退休的刘叔、舒副站长、出纳陈姐、站长向明洪一家、邓爱国、司机向哥。区站成立之初，不过五六个职工，这半栋住人半栋办公的三层楼房绰绰有余。1990年前后，林业部门相继出台几个政策，一是将多年从事林业工作的临时人员转为正式职工；二是招进了大量的林业子弟及家属（像向哥、郭宏都是林业子弟）；三是分配了大批大中专生。区站人数年年增加，我调到官庄时，站里已有十二三人，右边的六套住房，只有舒副站长那一套后来换成郑副站长，其他五套则一直没更换过主人。左边的套间除去二楼有一间财务室和营林档案室、一间会议室以及一楼出口办占去一间办公室，其他套间都用作了职工住房。从一楼到三楼分别住着冬姐、郭宏、伍红波、广平、张业书、向长生。后来，郭宏和伍红波先后调离区站，隔几年又先后调回来，我1995年春调至区林管站，先是被安排在一楼楼梯口左手边的一个套间，两年后搬到三楼楼梯左手边的两个套间里。新千年后，站长向明洪退居二线，区站站长一年一换，舒站长、杨站长、瞿站长、张站长……同事也如走马灯一般换了一批又一批，只有我一直未动。为此，大家都称我为"不倒翁"。

区站和乡站名义上是上下级关系，人事任免和部分的财权在区站，但乡站又有很大的独立性。每个乡镇都是十来个职工，各乡林业资源优劣不同，林管站与林管站的待遇就不同。站长向明洪同时还是官庄区的副区长。他像家长一样管理区站和六乡两镇林业站的全体员工。他说一不二，不入他眼，或是吊儿郎当的，都被充军到偏僻穷困的乡镇。有一次，他听说杜家坪乡林管站一位职工工作马虎，第二天他叫司机送他到杜家坪乡林管站，对那位职工只说了一句：×××，你一个星期内到长界乡林管站去上班。又有一次，向明洪到长界乡检查工作。长界乡林管站有个叫陈宏的小伙子，牛高马大的，前几天把头发染成了棕黄色，远远看到向明洪下车，立马开溜，不想还是被向明洪发现了，他朝陈宏大喝一声：陈宏！陈宏哪敢不应，回过头来"哎"了一声。向明洪道，你看你把自己搞成什么样子了，人不像人，鬼不像鬼的，你要不把头发给我染回去，你明天就背起铺盖回家。虽然林管站境况一年不如一年，但毕竟在单位工作大半辈子，谁也不想丢了铁饭碗。向明洪任站长的那几年，职工们见到向明洪，就如老鼠见了猫。但或许正是这种家长式的领导，区站每年才能上缴三四百万税费（占全县林业收入的三分之一），在全县地方财政收入不过两千万的年代，这是一个了不得的数字；也幸亏是那几年向明洪攒下了厚实的家底，新千年后，大多数林管站掣襟露肘，而官庄区林管站的小日子仍过得很滋润。

当然，官庄每年三四百万的税费绝大部分来自出口办。出口办办理木材出境（出县）手续，收缴林业税费，这大概相当于古时的木关（县《林业志》记载：元至十三年，朝廷征湖南北路竹货税收政策，开征十一年；又，清康熙三十八年在城郊验匠湾设辰州木关，由辰州知府主管收税）。出口办是一块大肥肉，每一个人都想进去，但像我这样的人想都不要想。出口办有三个人，陈姐和冬姐如出口办斑驳的桌椅板凳，长锈的铁皮保险柜一样，从来没有更换过。陈姐坐在门口，冬姐坐在陈姐的对面，最里面横放着的桌子则年年更换主人：最先是刘老板、后来是小李，又后来是邓广平、郭宏，最后来郭宏又换成舒芳……办理出口手续前，出口办的人会去看看已运到集镇上的货车。出口办人的眼睛就是一把尺子。当然，没有哪个木材商人不超载，只要在"允许"范围之内，出口办的人都会保持沉默。沉默是金。木材商们把出口办的人当菩萨一样供奉着。几年后，林业资源越来越少，山中已无树可砍，区站每一年都完不成县里下达的木材指标任务，出口办反过来请木材商们先买指标，第二年再将木材运出去。这叫作"老虎还在山上，先将皮剥了卖了"。但是，不这样又怎么办呢，全县每年一千多万的林业税费，县财政靠着它，县林业系统一千多职工的工资福利靠着它。大家都不想去喝西北风。

2006年初，我调到县局没多久，林业系统的改革也接踵而至。区林管站先是并入到官庄镇林管站，又两年，县里撤销乡镇林管站，林管站人员归政府统一管理，工资、福利也归县财政统一发放。多数人不再从事林业工作，而是被分派到政府各部门。做了一辈子林业工作的林业人，起先很不习惯，被拆散、被撤销、找不到归属感充斥着他们的情感。然而，不久之后，他们又欢天喜地起来，发现政府工作原来远比单调的林业工作要有趣得多，最重要的是，各项待遇福利也要好许多。仍旧留在林业部门工作的人，其职能也由原先的经营变成了管理，不再要没日没夜守杠子，也不再为年底完不成木材销售任务而绞尽心计。区林管站的房子被官庄镇接管，无房住的乡镇干部搬进了区站。我最后一次去区林管站还是一年前，老住户只剩下向哥和郭宏。院子空荡荡的，右手边的平房已完全荒废，昔日的那块草坪如今又成了菜园，天楼上种迎春花的大水缸大都已坏损，迎春花藤早已枯死，只剩下满缸的狗尾巴草。

第四辑 ———————— DISI JI

　　山林的肢爪如春天的常青藤，悄无声息地
收复失地。荒芜的水田、菜园，甚至于久无人
居的房屋，风吹进去种子，鸟衔进去种子，不
久便长出树来，或冲破屋瓦，或倚在墙头，一
栋好端端的房子于是名正言顺地成为山林的一
部分。

大户造林

新千年左右，林业局效益越来越差，县局规定单位的收入跟职工工资挂钩，每月只发二百元生活费，年底完成了指标任务再补发全年工资。谢德林是我的同行（彼时，他在张家坪林管站），也是我的"亲家"（这里的"亲家"不是指儿女亲家，是年纪相当且关系特别铁，有点像桃园结义，或是拜把子兄弟）。我们相识十年，性格截然不同，他是个野心家亦是个实干家，一肚子的主意，满脑子的发财梦。谢德林是半边户，每个月二百元的工资实在是养不活一家三口，他于是停薪留职，带着老婆孩子回了淞溪桥村。谢德林租赁了一百多亩坡耕地，并将其纳入国家退耕还林造林项目，不过，他没有种杉树、松树等用材林，而是去外地买了一批银杏苗和樟树、桂花树、罗汉松、雪松等绿化树苗。他跟他老婆像农民一样，整日围着百多亩树苗转，施肥、薅草、修剪树苗。几年后，他的苗木蔚然成林，树冠如盖，娉婷葳蕤。彼时，城市绿化、单位及私人的庭院绿化要的是绿化树，谢德林轻而易举卖了他全部的银杏嫁接苗和一部分绿化树苗，淘得第一桶金。

谢德林曾经邀我入股一道租地造林，楠木铺乡林管站站长郑开先也跟我聊过类似的话题，我也曾动过心，但动心归动心，这入股可不是一句话的事，真金白银，五万十万是最基本的股份，我上有老下有小，年年穷于应付赡养父母以及侄儿侄女外甥的学费生活费，哪里一手拿得出这许多钱来。谢德林有了资本后，又租地开发水果园，种葡萄、李子、猕猴桃。有那么几年，每年水果成熟时节，谢德林就会给我家送来许多李子或是猕猴桃。他极心细，红心猕猴桃、黄心猕猴桃，熟透的、半熟的，分门别类送来几袋子，装满我家冰箱以及大小铁桶，够我家吃上很长一段日子。后来，他又与人合伙在仙门林场租了七八百亩山林造林，开发茶园三四百亩。十年辛苦，赚得满钵真金白银。谢德林回原单位上班，但他似乎并不满足。人一旦有了经济头脑，他便处处留心，他在城里与人合伙开鲜果汁饮品店，又承包某单位的食堂，前些日子，他又准备在319国道边搞一个观光农庄……

在林业系统，像谢德林、郑开先这样的人还真为数不少。他们在纷纭的经济沉浮中看到了林业发展的机遇和远景，凭借着自己工作上的关系以及职业特长，即便另谋生路后还不忘在"林业"二字上打主意。有那么几年，社会上大搞房地产开发，而一些老林业人却大搞山林开发，他们用房子作抵押，用工资本贷款造林，其收益效益虽然长远，却也有利可图，有钱可赚。不久，社会上也有人开始大面积造林。首先是做木材生意、贩卖野味的老板，他们最先体会枯泽而渔的苦果，晓得唯有放水养鱼，蓄木植树才是出路，继而机关领导、乡镇干部、加油站、超市老板开始仿效。

　　早期的造林大户中有一个叫刘金生的官庄人，他原本是一个跑广东的长途司机，兼做野味生意，从官庄收购蛇、蟾蜍、野猪、麂子等到广东。他卖掉大客车，卖掉沅陵至深圳的线路牌，动用了全部的家当，从村民手里租赁了一千亩荒地开始大规模荒山退耕还林。他请了数十个村民炼山整地，烧荒栽树，抚育管理。他自己也在山上搭了一个棚子，吃住都在山上。官庄土质原本适合树木生长，他又长年请人护林，春秋两季的抚育也很到位，没几年，一千亩林地齐刷刷地长了出来。这给了他很大的信心和希望，他从信用社贷款几十万，又租赁了一千亩地进行退耕还林。虽然国家每年有退耕还林补助款，但真正将一亩林地培管成材，国家的补助金不过是杯水车薪，绝大部分费用还得靠自己解决。春季的抚育款才东拼西凑付出去，雇工们又来讨半年的守林工资。有那么几年，他的日子过得相当窘迫而艰难。不过，长势良好的两千亩林地成为全县造林的标本，许多人为此开窍，看到了造林可观的经济远景，纷纷仿效。这更膨胀了刘金生的欲望。他认定自己真正是种植了一个绿色银行，他的干劲越来越足，野心越来越大。镇上和县里又四处宣传他，为他开绿灯，他被种种名誉和利益蛊惑，经过一番谋划后，他跑到界定驿等村租赁六千亩荒山，但这一回，他没将心思花在植树抚育管理上，而全用在和老百姓签订合同上，用在跑项目和资金上。他俨然成了一个"造林老板"，一个拥有万亩林地的"大老板"，至于那六千亩山地的管理，他已是心有余而力不足了。

　　大户造林中有好些是矿山老板。有一个叫夏三猛的，麻溪铺人，他在自己村里开了一个钒厂，矿山红火的那几年，村里的青壮年劳力都在他矿山打工，村民们的收入来源都指靠着他的钒厂，他的财运也是神仙都挡不住。他的钒厂周围原本有四五家矿山，可就是挖不出矿石，一家一家相继破了产，他接手过来，那些老矿洞里全挖出了富矿。风水先生说夏三猛命里带金，龙脉跟着他转。村民们争着把自己的责任山贱卖给他，他把全村几千亩山林弄得跟战场一般，到处是矿洞，到处是尾砂坝，山顶一排排的烟囱，常年四季浓烟如乌龙，有老百姓暗地里嘀咕过，但想着全村的人都指靠着他的矿山，也就默认了。隔几年，钒矿的价格一落再落，他亏着本做了几年，终于抵挡不住，关了厂子到城里做起寓公。可是，在生意场上摸爬打滚惯了猛然闲下来还真浑身不自在。他看到好些矿山老板投资山林，揣着几百万跑回村里，也不让林业部门作规划，自作主张伐木造林上千亩，不想，被他剃成光头的山林很快在国家卫星云图上曝光，一路追查下来，夏三猛做梦也没想到自己好心办了坏事。

　　我调到林业局后，认识了诸多造林大户。他们请我上山设计、勾图，我有求必应，从不推脱。有人甚至在永顺、古丈等县租地造林，请我去做规划设计，我一去半个月，看尽武陵山脉清秀奇特如画的山水。我最喜欢一位深圳老板。他与当地老百姓的合约是他出钱造林，三十年后，树木全归老百姓，但这期间，任何人不得砍一棵树，他每年和他的员工们到山林里来住上一段时间。

要怎么收获，先怎么栽

调到县局后，县里的植树节活动，我年年参加。

当然，我的参加不是电视新闻里数十领导围着一棵树填土浇水，而是一个跑龙套的，为县里植树节活动打穴、调苗、补植、清理现场。每年县里植树节就像一个仪式，至于这个仪式后面所蕴含的意义自然是浅显明了的。

最初的几年，县直单位都要参加，植树地点多数是在大街小巷或是滨江大道。每个单位分得几十棵树的任务。我们林业局已请人挖好树穴，树苗放在穴边。几个人去栽十来棵树，自然是有点人多为患，幸而树有碗口那么粗，几个人扶树，几个人填土，还有几个人浇水，倒也是一派植树的景象。某年，在滨江大道植了好多梅花、樱花等名贵树种。据说，樱花树苗是真正的日本树种。不过，没过多久，那些名贵花木就全被人偷走了。

有一年的植树地点在凉水井——县城郊区。植树数目也大，县直机关干部职工人人分到两株的任务。这个无异于集体郊游的大活动让所有机关干部都兴奋了一回。我老婆香草更是高兴得手舞足蹈。自从她调到县里上班，不要说植树，就是看看青山绿水的机会一年也难得有几次。更何况，香草说她人到中年，插过秧、种过菜、养过花，却还从未亲手栽过一株树。那天清早，老天爷就淅淅沥沥地下起了小雨，这对植树的人来说自然不是好天气，但想要小树苗成长，这种天气却是最好不过的。香草穿了半筒皮靴，七分束腰裤，一副去劳动的装扮。凉水井并不远，十多分钟的车程。进山的公路边停满了小车，不见首尾。通往植树的山路上人流如蚁，不明就里的人还以为我们去参加一场盛会。一路上遇到很多熟悉的面孔，相互戏谑着，招呼着。然而，当香草走到山腰的时候，先去的同事已下山了，告之分配给单位的两百株树苗任务已全部完成，大家可以打道回府了（事后，我和同事们打扫战场，发现诸多苗木都栽得相当潦草，留下了许多空穴）。

　　这一年以后，植树节县里再也不安排各单位植树了。不过，年年这一天的晚间新闻里仍有领导植树的镜头。老实说，年年植树节并没有栽下几棵树。在植树节这一天，绝大多数人各自在自己忙乱的生活中不能自拔，哪里有闲工夫理会植树这种可有可无的事项。但是，政府是不能忘记的，政府也不会忘记。这是政府承习了上百年的老习惯。沅陵民国十九年县志中有这样一段记载：每岁植树节，官署局、所，暨各学校，例择山地植树，济济跄跄，照映山谷，诚盛举也。然，事前既不整理种地，临事又不讲究培壅，掘土成坎，随意栽插，行列距离，纷然淆乱，欲求生长不可得也。编者偶至山头，见所贴标语，说明造林种种利益。

而观其所树，以小木板系其上，上书某某所植，其树已早为槁木矣。天下事之奉行例文者，大率如是也。

当然，植树造林并不是植树节这一天的事业，植树造林更不是一项追求经济回汇的投入，它如水利、交通等基础设施建设一样，不可或缺，更加"润物细无声"。可是，国家也如一个大家庭，油盐酱醋，吃穿用度样样要花钱，要维系，难免会顾此失彼，更免不了拆东墙补西墙。而山民就更加现实，生存是硬道理，解决自家温饱提高自家的生活质量是当务之急。前些年，造林少，砍林多，甚至是过度砍伐，山林植被锐减，无林地锐增，导致水土流失严重，地质灾害频发，生态环境遭到严重破坏。1996年夏季的洪灾几乎摧毁了县里所有的林区公路，2010年乌宿一场暴雨造成山洪暴发，山体开裂，地基下沉，270多间房屋倒塌。当然，打开潘多拉魔盒的也是我们自己。造化万物相互依存，无论是地球这个大环境，还是我们生活的小天地，生态一旦失去平衡，各类自然灾害便如潘多拉魔盒里放出来的魔鬼，给我们带来灾害。

胡适先生说："种种从前都成今我，莫更思量莫更哀。从今后，要怎么收获，先怎么栽。"这句敲击人心的哲语却像是总结了过去几十年林业生产、生态环境变化的种种，又直言不讳地道明了改善林业生态环境的方向。现在，无论政府还是社会民众都已慢慢意识到生态环境的重要，也都慢慢有了余钱剩米投资林业，恢复植被，保护生态。这些年，国家每年都有造林项目，我经手的项目一口气能数出十多个：

世行贷款造林

中幼林抚育间伐造林

三边裸露地造林

试点补贴造林（即国家补贴造林）

长防林造林（即长江防护林造林）

珍稀树种造林

战略储备林造林

退耕还林

石漠化造林

巩固退耕还林后续产业造林

楠竹造林

……

另外还有面上造林，即财政拨款的工业原料林造林。当然，并不是每一年都有这么多项目，项目的造林补贴年限也各不相同，有些项目只有三年，有的五年，有的八年，退耕还林最长，有十六年。我调到林业局后，退耕还林的坡耕地造林已接近尾声，荒山造林以及工业原料林造林刚好启动。每当县里争得项目，我和同事们便一起编制报批方案，进行作业规划设计。当年我们是如何砍倒一片片山林，如今我们又如何栽下一棵棵树苗。岁月无情，青山有意。亡羊补牢，总是不晚。

大面积的植树造林，大面积的封山育林，百十林业项目的实施，亿万造林资金的投入，必然带来丰厚的回报，如今，林区的植被正慢慢恢复。有人说，二十年三十年后，沅陵又将是一个林业大县。

作为一个林业人，我拭目以待。

花朝生万物

花朝节来临的时候，桃花山庄的主人接连给我打了三个电话，请我去参加盛会，赏桃花、喝山庄自酿的黄桃酒。

桃花山庄的主人姓冯，是老街村的村主任。我认识他的时候，冯主任还只是村里的会计。当年，冯主任一边在村里当会计，耕种自家的几亩责任田，一边承包农业银行官庄分行的食堂。冯主任的菜炒得好，一个小菜也能整出好多花样来。我在他家喝过好几次酒，每次不醉不归。我给老街村做造林规划，冯主任私下找到我，说他家有一片责任山，请我给他规划到某个林业项目里去，不过，他不准备造用材林，而是想造一片经济林。彼时，市场已完全放开，老百姓想种什么不想种什么全看什么赚钱什么行销。那些年，每一年都会有一些农林开发项目，比如：以工代赈、世行贷款造林、楠竹项目……县里到处在搞水果开发：沅江边的陈家滩乡、肖家桥乡开发了几千亩柑橘；官庄太平铺村种植几百亩美国布朗李，黄壤坪乡有几百亩金秋梨水果园。冯主任听说黄壤坪的金秋梨基地是乡林管站邓站长下了大本钱搞起来的。金秋梨个头大，水分多，甜如沙糖，梨子尚在树上就被团体订购了，邓站长很是赚了一笔。这自然引起了不少人的效仿，其中官庄三渡水村就想法种植了几百亩。冯主任不想步他人老路，他要种别人没种植的水果，他甚至悄悄去安徽考察，觉得那里的土质、气候和官庄不相上下，回来后决定种植三四百亩黄桃。我欣然同意，并亲自给他的山林做了规划设计。

尽管一直以来，冯主任在自家的房前屋后栽种李子、桃子、酸柚子等水果，可那都是小打小闹，每样不过三五株。种植几百亩的黄桃林，品种又是从外地引进，该如何培管，冯主任是新姑娘坐轿头一回。水果苗子不比用材林，娇贵得很，苗子栽下去没多久，冯主任还没搞清楚原因，就死了一大片。他老婆怕几十万血本无归，强迫冯主任补种金秋梨。冯主任尽管一百个不情愿，但心里毕竟太没底了，且不说苗子长不长得大，就是将来长大了能结出什么样的果子来，冯主任也没有半分把握，种一部分金秋梨，起码在技术上还有个咨询处。于是，冯主任在黄桃基地里栽种了一些金秋梨。后来，冯主任又在他的基地里种了水蜜桃和山鸡椒。

冯主任的黄桃林还未成林的时候，我就调离了官庄。虽然后来偶尔会回官庄做林业规划、林业验收，但每次来也匆匆，去也匆匆，与冯主任一别十年。这十年里，我不晓得替人规划设计过多少经济林：脐橙、柚子、枣子、柑橘……这十年来，我也见证了无数的水果基地从出果期到盛果期再到衰果期，如昙花一现，山民们有些还没有收回成本，果子的品质已完全改变，产量也一落千丈。至于当年陈家滩、肖家桥乡的几千亩橘柑林已被老百姓砍了当柴烧；黄壤坪的金秋梨树过了短暂的盛果期后，梨子的品质发生了莫明其妙的逆转，梨子个小味淡，还比不上本地酸梨，邓站长不得不将他的金秋梨基地改造成楠竹林。我也终于明白，气候、海拔、土质的原因，这片山区只适合种用材林，只合适传统树种，比如松、杉、柏、竹的生长，任何违逆自然的生产，最终不过是南橘北枳而已。这令我再一次想起民国十九年《沅陵县志》里"宜种松、杉"的记载。原来，这一片土地，能种什么，不能种什么，老祖宗们早已替我们验证过。

冯主任的黄桃基地如今已改名为桃花山庄。仲春，我如约进山。我已经完全认不出十年前的那片山冲了。一道仿古的山门架在山冲的入口处，迎面而来的也并不是桃林，而是夹道的常绿树和花草盆景，水泥路像一条乌蛇公一般，贴着山脚蜿蜒进冲。复行数十米，一栋二层楼的木屋和门楼，像一道门栓一样，横亘于山冲间，将山冲与外面的世界彻底隔开，里面是如何的桃红柳绿、梨白杏红、山花烂漫都看不到了。右手边山腰上用桐油油过的木屋，却极像一个提着长鼻烟壶、端坐于竹椅上的守门老汉，带些儿匪气和神秘。穿过门楼，豁然开朗：停车场、游泳池、吊脚楼、议会堂以及肆意的花海：迎春花的黄，梨花的白，李花的白，桃花的红，桃花的粉，桃花的紫。山坡的嫣紫桃花，因了隔得远，又因了阴郁的天色，如一片紫色的云烟，袅腾而虚幻，抑郁而迷蒙，悠远而空灵。好一幅世外桃源的景致！我看得呆了。如关东大汉一样的冯主任倒还是那副不修边幅的老样子，络腮胡子如野草，脸庞福态似如来，一切的喜怒哀乐都在那双眼里。皮鞋上沾满泥浆，隔老远伸手过来牵住我的手。他带我一边参观他的山庄，一边告诉我，他的黄桃林也有过两三年的盛果期，但是，黄桃的收入还支付不了农药化肥及雇工工资。几十万的投入，他不甘心就这样打了水漂。他想改造黄桃林，甚至跟着县农办的人去了一趟台湾。可从台湾回来后，他的视野和想法发生了极大的变化。他不再一心想要提高黄桃的产量和改善黄桃的品质，他在黄桃林里养鸡、养猪、加工野菜。有一年春天，金矿人到山冲里来踏青，直呼桃林的桃花比常德桃花源的桃花好看，要是能在桃林里吃饭打牌度周末一定有味道。他于是又办起了农家乐。后来，他今年修一栋木屋，明年挖一个池塘养鱼，后年又建一个亭子。他一年一年地改造他的黄桃基地，可除去冲里的十来亩黄桃林被挪作他用，其他的桃林，他都完好无损地保存下来，并且还请了园丁打理，年年剪枝、施肥。黄桃也年年结果，而他也不再拿到集镇上销售，他请人酿一些黄桃酒，也让到他山庄里吃饭娱乐的人上山摘一些带回去，可每年还是有许多黄桃烂在地里。这倒不是他无暇顾及他的黄桃，而是相比于山庄带来的收益，黄桃的价值实在可以忽略不计。现在，山庄的主要业务是餐饮和住宿，偶尔也会接一些县市的会议和一些往来于常德至张家界的旅行团。最近，他又玩了一个新名堂，让游人自己到黄桃林中拾山鸡蛋。冯主任陪我上山四处转悠。我看到桃树梨树下有圈养的大雁，有珍珠鸡、芦花鸡……黄桃林中的小路如蛛网一般四通八达。虽已是仲春，山腰几树野梅花却开得如醉如痴。

花朝节开始了，锣鼓响起来。我立于花朝庙外，俯瞰三百亩黄桃基地以及桃花山庄。说是花朝庙，其实与乡间修建的土地庙相差无几，长宽高均不过三四尺，庙檐上书有"花朝庙"，两边庙墙上有"花朝生万物"，"神诞发千祥"的对联。小小花朝庙里烛火熊熊，高香缭绕，贡品陈列满满，神龛上的花仙子捏花微笑。山庄里聚满了宾客。着大红对襟衣的司仪、黑色长袍的道士、手持鲜花的十二花仙子、喜庆的舞龙队舞狮队以及本地的外地的花花绿绿的演员们将山庄妆点得五彩缤纷。两位主祭师威严有度。击鼓十二通，献三牲、献百花、献五谷、献百果、献艺品、献贡酒贡茶。主祭师唱祭文，焚虔申，祈五谷丰登、康宁安泰。众女子唱采茶调，歌声悠长婉转，如山间翠鸟。我前面的桃花树和樟树挡住了舞台的视野，我也懒得换一个位置，让一曲一曲的民间小调穿过桃花林，唱给花神听，直唱得百花开，春意浓。

杉树的死亡密码

2013年夏，沅陵大旱。自6月至8月，近两个月滴雨未下。

旱魃的魔鞭挥向哪儿，哪儿便生灵涂炭。水田龟裂，庄稼成片白灰自不必言，山中成片灌木、竹林、杉林死亡。政府几次人工降雨，但收效甚微，百姓唯祈老天怜惜苍生，雨润万物。

我们最初下村了解山林灾情时，还以为竹子的受灾情况最严重。看到大片焦干的竹林，还曾推测，竹子之所以死得最多，一是因为竹子的根茎浅，趴在地表之下，吸收不到地层深处的水分；另一个原因竹子是中空的，树干本身贮藏的水分容易流失；再有就是竹叶浓密，所需水分相对要多。我不晓得这种分析是否正确，在网上搜索，也未找到与之匹配的解释。这里姑且不论。

后来，随着调查的深入，我们发现，枯死的杉树其实比竹子还要多。况且，杉树的死亡比较蹊跷。它不像竹林那样成片死亡，而是东一株，西一株。当然，偶尔也看到有成片枯死的杉树，但面积都不大。枯死的杉树大不过碗口粗，树龄不过三五年，尚算幼树。是什么原因使得这些杉树终没能抵抗过此次夏季的大旱呢？一样的阳光，一样的水分，一样的土地，为什么它周遭的杉树就能幸免于难呢？是株距太过浓密吗？是栽植时少培了一层土？或是，这一株杉树的根部下面刚好是一块巨石，杉树无处吸收水分？一定有一些细微的差异决定了它们的生长，甚至是生死。优胜劣汰的自然法则，对于一个个体的生命来说，有时候，某个细微的因素都足以致命。我想，杉树的死，一定有它自身的原因，有我所不能破解的死亡密码。

另外，造成杉树死亡的外在原因又是什么呢？地域环境、气候、土壤这些大环境自然跟树木的生长都有着千丝万缕的联系，这里就不再赘述。我想说的是人为因素应该也是杉树死亡的重要原因。由于山林已责任到户，多年来的各类造林，造林人首先考虑的是经济利益。在造林的过程中造林人会自动放弃某些生长缓慢或是木材价格太低的树种，比如各类杂树。虽然，在政府的各类项目造林中，我们林业部门原则上也考虑到了树种的多样性，甚至将其列为验收的内容之一，但山民完全没有这种意识，而当地政府疲于应付"存活率""保有率"，对于树种的多样性则要求不严。根据林科部门多年的实验，植物品种的衰减会造成土壤的流失，反过来，土壤的流失又会造成植物品种进一步的衰减。虽然说，湘西土质适合杉松生长，杉树也是湘西几千年来的主要出口的木材，但在树木自生自长、不繁自种的年代，湘西树木的多样性，以及整个植物的生态平衡都是自行调节，没有人工的干扰。另外，为使树木快速生长，在生产的过程中，造林人大量使用化学肥料，无形中改变了土壤的结构和质地，使得某些树种的生存也变得困难起来。

柳宗元在《种树郭橐驼传》中谈到种树要"顺木之天，以致其性焉尔"。我们也都知道，生物群落的稳定依赖于它的完整性。不同的树种，理所当然存在着相互依赖的关系。多年大面积的人工造林、封山育林，成千上万亩的杉树或是松树已逐渐成林，林海滔滔，蔚然可观，可是，从整个林业生态来考虑，这却未必是一件好事。或许，正是这种单一树种人工造林的行为，造成许多其他树种被迫消亡，造林人在无意识中毁掉了整个植物群落的生态平衡。显然，现阶段，山民的林业生态平衡意识还是一片空白。在造林人的意识里，尚没有生态林业、生态平衡、生态环境这样宏大的概念，树木只是他们的私有财产，造林还只是他们创造财富的一种途径。如果让山林植物自由演替，带给他们的是没有价值的茅草、灌木、杂树，山林所有者自然不会同意。但是，林业的产业性发展却给植物的整体平衡带来极大的考验。这真是一把双刃剑，切断的是整个生物链，是林业生态的平衡。

几场秋雨后，未完全死亡但已叶黄的竹子迅速返青，比仲春更加青碧清郁。但是，杉树林的恢复似乎要缓慢得多，那个秋天，我经常在常吉高速上来来去去，从淘饭铺一路过马底驿、楠木铺、茶庵铺、小乌山、郑家驿，远处的近处的山丘上都有枯死的杉树。没有人破解杉树死亡的密码。

俗世尘埃亦生花

2006年三八节这天，我调进了林业局。其时，香草正和她的同事们在二酉山上游玩，我打电话给她说，老婆啊，今天我要送给你一个大礼物。往日连老婆生日都不记得的人，会有什么大礼物？香草全当是我哄人的鬼话。傍晚归家，看到我斜靠在沙发上看电视。香草随口问礼物呢，我指了指自己。香草"切"了一声。

自此，我和香草结束两年半的牛郎织女生活，在城里买了商品房，过起两点一线的机关生活。

局里把我安排在营林股。营林股有十四个人。我干的是老本行，同事都是旧相识。我虽不善言谈交流，倒也很快适应新环境。有事的时候，我们一起下队，一起搞内业，无工作的时候，大家坐在一起吸烟扯淡。我们股室人多，最聚人气，有好几个来自乡镇，能说会道。隔壁林地办的廖二哥每天上班时必先来我们股室报到，发表一通宏论或是谬论后方才回自己股室做事。而"油棍子"姜哥则痞话连篇，有时候我听了都脸红。八姐是我们股室唯一的女同事，虽已人到中年，每天打扮得女神一般。不过，她确实长得漂亮，有御姐的天赋。大家时常把办公室搞得乌烟瘴气后就作鸟兽散，各自开溜，去做自己的私事。我得空时常回千丘田，父母年纪大了，跟哥嫂的关系又不好，我每隔几天回去把家里的水缸挑满水。我仍旧喜欢下乡。当然，我们股室下队的机会也特别多，特别是春秋两季，各类造林、抚育、检查、验收，通常是一样事情未完，另一样工作已经开始。有时候一去三五天，七八天。我向来像鸟一样没有心思，由着自己的性子，散漫而邋遢，喜欢喝酒，过惯了乡村生活，没有上班下班的概念，人人都在上班的时候，我在家呼呼大睡，人人下班了，我溜到办公室开始工作。我习惯于周末在办公室。当然，有时候，我待在办公室并不是为了工作，而是为了一场球赛，甚或是为了躲避家务事。我中午从不按时回家，等到香草做好饭菜，端上桌，我就姗姗地回家了，看着热气腾腾的饭菜道：来得早不如来得巧啊。我每每说这句话的时候，香草恨不得一锅铲挖死我。自从调到县里后，我醉酒的机会更多了。我喝酒也依旧是来者不拒，喝一杯？好！再来一杯？好！直到醉倒为止。有一次我喝醉了，同事送我到小区门口，我坚持自己回去，走到家门口却不晓得开门敲门，结果在屋门外睡了一晚上。还有一次喝醉了，不晓得怎么进了废品站，差点被当作废品装车卖掉。诸如此类，不胜枚举，简直可以写一部长长的《醉后集》。说是在县局工作，但各类补助收入却要比乡里少了不止一半，调到城里第二年，我即生后悔，跟香草说想回乡里去。枫儿越来越叛逆，香草束手无策，哪里肯放我走。

枫儿贪玩与我小时候如出一辙，话说有其父必有其子，不晓得是不是这个意思。香草如唐僧一般在我耳边念叨，我才慢慢意识到自己已为人父，该做些父亲该做的事。我嘴笨，在儿子面前说不出什么深刻的道理，唯一能做的就是认真学习儿子的数理化教科书，学得比儿子还认真。儿子的课外辅导练习册，儿子做一道，我改一道，儿子没做的，我也做了。有不懂的题目，我甚至跑到学校去问老师，学会后再教儿子。有时候，儿子在学校闹得实在不像样子了，香草干脆将他从学校领回来。香草是文科高才生，负责儿子的语文外语历史地理，我负责数理化，虽然两口子都不是教师出身，但这一对一的教育，却还是起了很大的作用，儿子在学校再怎么贪玩不上课，成绩却一直中等偏上，顺利考上本地重点高中。

我插手管教儿子后，香草得出许多时间来读书。家中书房书架上除去我的十来本建造师专业书，用整面墙做成的书架全是香草买的文学书籍，小说、散文、诗歌、杂文、古书不下几百本。我从没有看过书架上的书，连翻一翻的心思都不曾有过。刚参加工作那几年，我订过《演讲与口才》。那时我有心改造自己，想让自己稍稍能说会道一点，可是，与人交际，并不只是有了交际的理论便行得通，性格使然，秉性难改。读了两年《演讲与口才》后，我还是原来的我，仍旧不具佞才，羞于口舌。自此，我也不再订《演讲与口才》。香草调到县里后订的《文萃报》，我也只是偶尔翻一翻。有一天，我看到报上有一则笑话，说是一学生背书，把杜甫的《绝句》的最后一句背成了"一行白鹭上西天"，我盯着这句诗一个字一个字地看了足足两分钟，也不知这个笑话哪里好笑。

有一段时间，香草每天抱着一本《阅微草堂笔记》看，我在她身边呆坐，香草看我无聊，便给我讲了一则书上的鬼故事：说是景城有个叫做姜三莽的，听人说宋定伯卖鬼得钱，心想，我欲是每夜捉一个鬼，早上拿到市场上去卖了，那我一天的酒肉钱不用发愁了。于是，他夜夜荷梃执绳，潜行于墟墓间，但都不得，后听说哪里有鬼便往哪里去，月余仍无所得。不是没得鬼，是鬼都被三莽吓跑了。我听后哈哈大笑，觉得香草看的书有趣，待香草睡了后，悄悄拿了书去客厅读。可是，这本半白话半古文的书，我读来句句拗口，字字费神，感觉好吃力，一段文字，读了三遍都没读懂，故事也没有香草讲的那般有趣好玩，我只读了三个小故事便再也读不下去了。心想，香草怎么喜欢看这么难懂的书。我一直以为她看的都是些通俗小说。那些所谓的文学艺术对我来说犹如天方夜谭，我也从来不看电视剧或是电影，觉得与其看那些编造的真真假假的故事，不如实实在在打一场篮球，看一场足球赛来得实际。我的心里全是现实的生活，我的现实生活也全被琐琐碎碎的事情填得满满当当，记忆里隐隐约约有一些三国、水浒的人物故事，那也全是小时候听院子里老人讲古，零零碎碎听来的，我唯一清清楚楚记得的是薛仁贵力气大，左边肩膀扛一根大树，右边肩膀扛一根大树，两个胳肢窝下还各夹了一根大树。

香草除去读书，还喜欢旅游，喜欢远处的风景，喜欢走进大自然深处。我不知道香草为什么会有这种喜好。香草常常说她在办公室待得久了，便觉得压抑，想逃跑，想出去喘一口气，不能远行，哪怕下一次乡也是不错的。我起先很不理解，每回香草去旅游，便不高兴，觉得一个女人四处疯跑是不守妇道。后来，儿子去了外地读书，香草便有意识地邀我一起短途旅游——凤凰古城、梵净山、西江苗寨、崀山……我似乎也慢慢从旅途中体味到乐处，接纳香草的提议。偶尔，我周末也会骑摩托车带她去郊外踏青，去农庄摘水果。我一辈子跟树木打交道，走进大自然，关注的还是树木。有一年，我们两口子国庆去梵净山，在索道上，我第一次在空中俯瞰山川。雄浑的山峦层林尽染，天边的云海厚重绵延，景色与我之前几十年看到的山川完全不同。那种开阔与高远，厚重与绚烂，让我神思旷然悠远。尔后，我们沿着木板梯道去新金顶和老金顶，梯道两边全是珍稀树种，盘根虬节，裸露的树根长满苔藓，苍老得分不清彼此。作为林业人，我被眼前的原始森林迷住了，蹲在那些古老的孑遗植物边，抚摸着树干，凝视树叶及花朵，努力将它们输入脑海里。香草不懂树木，在她的眼里，树与树之间除去花叶状态相异，都是一样的树干绿叶，都是木头。而在我的心里，每一棵树都有不同的根茎叶花果，不同的界、门、纲、目、科、属、种。我指着一棵花楸树对香草说，它是灌木树种，被子植物，它的种性限定了它不可能长成一株高大挺拔的参天大树，它的果实也只有很少的一部分被猴子们采食，只有偶尔的一颗受到大自然的眷顾，在这自然深处长成另一棵树，然后同样地开花结果，几十年，几百年，几千年……香草笑嘻嘻地回应道，在这个世间，有些人为大海而生，有些人为文字而生，有些人为爱情而生，而你是为树木而生的。你之所以来梵净山，不是来登金顶，不是来拜佛，是为这些树木而来。而这些树木也是专候你这样的人来观赏的。我对香草的戏谑不置可否，不过，这满山的珍稀树种确实让我流连忘返，我一路对不认识的植物拍照，对认识的植物一一讲给香草听，我讲一个，香草记一个，下山的路上，我再考问她，香草已全忘记了。

结尾篇：山林的忧伤与福音

　　我调离坳坪后就再也没回去过。这一走就是二十年。

　　二十年，风吹动着岁月，总有一些人离开。坳坪乡食堂大师傅三关走了，死于肝癌，享年四十八岁；荔枝溪乡张主任走了，死于尿毒症，享年五十岁；官庄区林管站老站长向明洪也走了，死于鼻咽癌，享年六十岁。这部长篇散文二稿将要完成的时候，我在长沙出差时得到消息：冬姐死了。她获刑六年，去年提前一年出狱，不想仍未逃出命运的追撵，享年五十岁……这些曾和我朝夕相处，给过我温暖和关照的人，我一直以为来日方长，还有的是机会见到他们，还有的是时间和他们再叙家常，可是岁月无情，当年不经意的一别，竟成永诀。

　　二十年，足够一棵小树长成参天大树。属于板页岩的官庄，这些年大面积的人工造林和封山育林，山林植被得到了良好的恢复。319国道从七步湾一路过淞溪铺、白雾坪、马底驿、楠木铺、青峰山、荔枝溪至官庄太平铺，松山竹海，杉林弥望，莽莽山峦，相信假以时日，定当再成天然林国。而边远偏僻的山村，土地和山林已不再是山民赖以生存的依靠，人们像潮水一样涌进城市，外出打工成为他们主要的谋生手段，山里人再也不要指靠着砍一棵树来解决一家的温饱、孩子的学费、老人的药费，已很少有山民用三轮车运杉木棒偷关。谁也没有想到，当年山民为之生存、为之拼死拼活的土地，二十年后会弃之如敝屣，特别是年轻人，即便天涯海角，四海为家，也不想再回归山林。在他们的心里，外面的世界远远要比家乡的那一亩三分责任地繁华精彩得多。山村正一年年空寂荒芜起来，老人和孩子成为乡村无力的支撑。

对于多年来砍伐过度的山林来说，这是福音。

山林如被大赦后的农奴，在肥沃的土地、温暖的气候下飞快地生长。林木逐年蓄积起来，山峦一年年变得丰腴而充满生机。走进乡村，走进深山，满眼都是树林。尚不止如此。山林的肢爪如春天的常青藤，悄无声息地收复失地。荒芜的水田、菜园，甚至于久无人居的房屋，风吹进去种子，鸟衔进去种子，不久便长出树来，或冲破屋瓦，或倚在墙头，一栋好端端的房子于是名正言顺地成为山林的一部分。这还没完，山林里的野兽也慢慢多起来，兔啊，麂子啊，野猪啊，蛇啊，自由进出，避风躲雨，生儿育女，它们已然把这些房屋当作自己的家园了。曾经被肆意虐夺、无限透支的山林终于得以休养生息，恢复元气，回归大自然野性而原始的本来面貌。当然，这些年政府改善生态环境也成效卓然。人工植树造林，封山育林，各类项目造林，国家投进去数亿资金，终也换来青山万顷！

不过，土质的优劣使得山林的恢复也是良莠不齐。今年春天，我去坳坪做石漠化项目造林规划设计。大客车翻过麻溪铺白岩山后即进入荔溪地界（池坪乡、坳坪乡和竹园乡在2005年撤区并乡中合并成荔溪乡），荔溪水流淙淙，清澈如故，阡陌桑田，油菜花如金色地毯一路铺展三十里！沿途楼房攀比着富裕和气派，这边修一栋徽派的翘宇吊脚楼，那边竖一栋哥特式尖顶洋房。显然，坳坪人食不果腹的日子一去不复返了。然而，眺望山峦，依旧是漫山灌木及茅草，偶尔的一二株松树，屹立于山岭间，突显山的荒芜。这种岩溶地质，成土母岩土层薄，养分含量低，植被一旦破坏，就难以恢复（全县这种地质有七八十万亩）。由于立地条件差，这些年，荔溪乡很少有造林项目，造林资金的投入自然也是少之又少。自前年开始，国家开始实施石漠化项目造林。但谁又能保证，二十年后荔溪两岸能够森林满目？

另外，经济的飞速发展，也给山林带来新的破坏。官庄集镇像一个被突然吹胀的气球，原先的荔枝溪乡、沃溪镇以及黄壤坪的大部分村全部归并到官庄镇门下，官庄成为一个大的镇子。原集镇后面的那片二三百亩的水田和山地被征用为城镇建设用地，如今已是楼房林立、街巷纵横、店铺如蚁，成了一个新的大集镇。前些日子，国家林业局下到县里来调查有林地变更原因。在国家的卫星地图上，我县的版图有几十块有林地突然变了"颜色"，也就是说，这些有林地突然变成了非林地。这自然是有原因的，有些是山林火灾，有些是无计划的大面积毁林造林，不过，最大的原因还是大规模的城镇化建设，几百成千亩耕地、有林地更变为建设用地。况且，有些土地并没有正当利用，某些开发商跑马圈地后，毁了耕地、山林，拆了房屋村庄，夷为平地后，便搁置不管，原先上好的农田和林地于是成为荒芜之地。

　　城镇人口的骤增和乡村人口的锐减都不是社会发展正常的现象。人类和山林的和谐更不是用一个极端代替另一个极端，过度的砍伐不对，废弃山林使之放任自流也完全没有必要。《孟子·梁惠王上》："数罟不入洿池，鱼鳖不可胜食也。斧斤以时不入山林，材木不可胜用也。"意思是说，不用特别密的网打鱼，鱼鳖会多得吃不完，不乱砍乱伐，木材也会用不完。山林原本是我们的家园，它一方面是生物链最底层的大基石，维持着大自然的平衡，就如空气、水、阳光一样，给人类生命以保障；一方面给我们提供木材，满足我们的生活物资需求。良好的生存环境是人类共同的理想。古语云："万物群生，连属其乡，禽兽成群，草木遂长。是故禽兽可系羁而游，鸟鹊之巢可攀援而窥。"意思是说，山野里没有路径和隧道，水面上没有船只和桥梁，各种物类共同生活，人类的居所相通相连而没有什么城、乡差别，禽兽成群结队，草木遂心生长。因此禽兽可以用绳子牵引着游玩，鸟鹊的巢窠可以攀登上去探望。倘若如此，所谓的回归大自然、户外活动，以及越来越多的城里人向往的乡村生活都是多此一举了，而我老婆香草更不须嚷嚷着要逃离这个喧嚣的城市，去深山老林里隐居了。